Han Nolan

La vie blues

Traduction de l'anglais (américain)
de Laetitia Devaux

Gallimard

Titre original : *Born Blue*
Édition originale publiée aux États-Unis par Harcourt, Inc.
© Han Nolan, 2001, pour le texte
Published by special arrangement with Harcourt, Inc.
© Gallimard Jeunesse, 2003, pour la traduction française
© Éditions Gallimard Jeunesse, 2012, pour la présente édition.

Pour ma sœur, Caroline Walker Kahler
merci pour la musique

Et pour Brian, comme toujours

Chapitre un

Dans le plus vieux souvenir que j'ai, je me noie. Je ferme les yeux et je sens que je m'enfonce dans toute cette eau qu'est si lourde, j'arrête pas d'agiter les jambes pour toucher le sable au fond mais y a que de l'eau qu'arrive sur moi et qui me recouvre, y a des murs d'eau immenses qui me font tomber, j'ai pus d'air, j'ouvre la bouche, j'avale plein d'eau salée et je m'étrangle, l'eau remonte par mon nez et brûle dans ma tête, je cherche encore mon air et tout ce temps je pense : *Maman va être en colère contre moi, Maman va être en colère*. Pis je pense pus à rien, j'arrête de me débattre et je me réveille dans une chambre noire qu'est pas à moi. Je crois que je suis morte mais je crie, pis une femme que j'connais pas arrive et me serre contre elle jusqu'au matin.

Ça c'est quand j'avais quatre ans. Z'ont cherché maman Linda pendant longtemps et quand y l'ont enfin trouvée, z'ont dit que j'pouvais pas la voir pasqu'elle était malade et qu'elle avait besoin d'être soignée. J'arrêtais pas de pleurer, de la réclamer et de leur dire, aux grands qui s'occupaient de moi, que j'voulais ma maman. Quand c'est que j'allais voir ma maman ?

J'ai été mise dans la famille d'accueil de Patsy et Pete où y avait tout le temps des bébés qu'arrivaient et qui repartaient – y avait toujours plein de bébés dans la maison – et un frère d'adoption qui s'appelait Harmon Finch.

J'me rappelle la maison de Pete et Patsy comme si c'était hier. Même après toutes ces années j'crois que j'sens toujours son odeur. C'était près de Mobile en Alabama, dans une petite ville minable. La maison jaune et marron était horrible et s'écroulait de partout. Ça puait encore plus que des chiottes, y avait plein de mauvaises odeurs : des odeurs de pieds sales, de vieux fromage et d'humidité, de pet et de dessous de bras pas lavés. Elles venaient presque toutes de Pete, sans ça elles venaient de la cuisine que faisait Patsy ou de la maison qu'elle nettoyait jamais. Y avait ces odeurs partout, on pouvait pas y échapper sauf dehors quand le vent soufflait dans le bon sens.

Le seul truc bien dans la maison c'est qu'y avait Harmon. J'ai pas mis longtemps à comprendre que Patsy et Pete faisaient que nous engueuler, nous pourrir la vie et s'occuper des bébés mais Harmon et moi on est devenus potes. À ce moment-là l'avait sept ans, l'était timide et l'amenait sa boîte à chaussures partout. Y la mettait sous son bras noir tout maigre et si on lui demandait de voir ce qu'y avait dedans, y la serrait contre lui et y se balançait sur côté comme s'y faisait « Non ! » avec son corps. Quand y disait non, y le disait avec tout son corps. C'était tout le temps comme ça et quand on est devenus amis, y me prenait tout le temps dans ses bras et depuis j'me suis pus jamais sentie aussi rassurée et protégée que quand Harmon me prenait dans ses bras.

Harmon avait trois ans de plus que moi mais l'était tout maigre, on aurait jamais cru qu'y grandirait beaucoup alors qu'il est devenu grand et gros. Pas obèse mais quand même. L'avait la figure la plus gentille que j'connaissais et aussi un grand sourire si charmant qu'y faisait fondre le cœur à n'importe qui. Ça lui donnait l'air si doux que tout le monde tombait amoureux de lui. L'avait des yeux ronds et heureux avec des cils si longs qu'y devait se les couper pour faire plus garçon et aussi des joues rondes, l'avait l'air trop petit et trop gentil pour vivre des trucs aussi durs mais y disait que ça allait.

Les bébés passaient si peu de temps dans la famille d'accueil que c'était pas la peine de s'embêter à les reconnaître mais Harmon et moi on restait et on était tant ensemble que si on voyait l'un, on voyait l'autre. Patsy et Pete nous appelaient vanille et chocolat à cause de notre couleur de peau, y trouvaient ça mignon mais j'supportais pas. J'aimais pas qu'on m'appelle vanille ou n'importe quel autre truc qui m'faisait penser au blanc.

Le blanc c'était maman Linda qui venait pas me voir, c'était Patsy et Pete qu'étaient si méchants, c'était la femme à l'œil mauvais avec un pistolet dans la botte qu'habitait en face et qui disait tout le temps qu'elle allait nous tuer ou faire de nous des épouvantails pour son champ de maïs. Le blanc, j'détestais.

Harmon m'a montré ce qu'y avait dans sa boîte à chaussures : des cassettes de chanteuses. Y avait Aretha Franklin et Ella Fitzgerald, Odetta, Sarah Vaughan, Etta James, Billie Holiday et Roberta Flack. J'ai pas pu lire tout ça avant six ans mais y avait un magnétophone Fisher Price dans la maison puante et un jour j'ai demandé à Harmon :

— Harmon, qu'est-ce qu'y a sur ces cassettes ? J'peux écouter ?

— D'la musique. C'est des cassettes qu'étaient à mon père.

On a pris le magnétophone sous un tas de jouets qui devait pas sortir de sa caisse de la cave. On écoutait toujours les cassettes près de la caisse à jouets pisque si un jouet était pus dans la caisse, on avait droit au martinet.

On écoutait les dames chanter. J'me couchais par terre sur un tapis qui sentait le mouillé, Harmon s'allongeait à côté, on regardait le plafond comme du carton et on écoutait les belles voix. Des fois j'regardais les photos des dames sur les cassettes, j'regardais les mots que j'pouvais pas lire et j'me sentais heureuse et bien. J'adorais les dames. J'adorais leurs chansons.

Pete et Patsy voulaient toujours savoir ce qu'on trafiquait sans bruit à la cave, y disaient qu'on faisait des cochonneries et j'me sentais toute drôle à l'intérieur d'entendre leurs mots affreux.

C'était notre secret, d'aimer les dames. On montait dans l'érable du Japon, Patsy disait que c'était le seul arbre où on pouvait aller, et on parlait de notre secret sur les dames.

— Sont belles, Harmon, j'ai dit un jour.

— Mmm.

– Alles m'rendent heureuse.

– Moi aussi, dit Harmon. Alles m'donnent envie de sauter.

– De sauter de l'arbre ?

– De sauter, de sauter, de sauter et de tourner.

J'ai dit :

– Alles me donnent envie d'chanter. Harmon, j'ai envie d'chanter.

En disant ça j'ai senti queque chose en moi que j'avais jamais senti. C'était comme si y avait un machin fort en moi. Comme si y avait un machin qu'attendait dans mon ventre et qui me faisait avoir faim. J'avais tant faim que j'ai eu peur qu'y ait pas assez de nourriture sur toute la terre pour me remplir.

– Harmon, on va voir si y a du pain, j'ai dit.

Après ça dès que j'pensais aux dames, dès que j'les entendais chanter, j'devais manger du pain pour pas avoir cette faim. J'commençais par la croûte pis j'faisais une boule avec la mie, j'la trempais dans le sucrier et j'la suçais, j'aspirais toute sa douceur, j'l'avalais et j'en préparais une autre.

Patsy se demandait pourquoi j'mangeais tant de pain. Elle disait qu'j'ressemblais à de la pâte à pain. Elle disait qu'elle allait me mettre dans le four pour voir si j'gonflais alors j'restais le plus possible loin d'elle.

Des fois on montait à l'érable du Japon avec plein de pain, on mangeait et on rêvait à la musique des dames jusqu'à ce qu'y soye si tard qu'on risquait de tomber endormis de l'arbre.

Tout le temps que j'ai passé avec Patsy, Pete, Harmon et les bébés qu'arrivaient et qui repartaient, ce que j'aimais le plus c'était Harmon et les dames et presque chaque jour des trois ans que j'ai passés là, on a été à la cave écouter les dames chanter. Harmon dansait pas et j'chantais pas, on avait trop peur d'avoir le martinet. On se couchait sul tapis moisi, on rêvait qu'on chantait et qu'on dansait et j'avais plein de pain sur une assiette pour quand j'avais si faim que j'croyais que j'allais mourir.

Chapitre deux

Y avait une assistante sociale qui venait voir comment on allait et qui nous demandait qu'est-ce qu'on pensait. Elle s'appelait Doris Mellon, elle était grosse et elle mettait toujours des robes rouges, du rouge à lèvres et du vernis à ongles rouge et elle avait une peau noire et luisante comme j'avais jamais vu. J'adorais lui caresser le bras et m'accrocher à elle. Pus tard j'lui embrassais les bras et les joues, mais j'étais jalouse pasqu'elle préférait Harmon. J'le savais pas qu'un jour elle avait dit à Patsy qu'elle voulait emmener Harmon à son église le dimanche et qu'elle voulait faire ça souvent. Qu'elle voulait l'emmener tous les dimanches.

J'avais jamais été à l'église. J'savais même pas c'que c'était, sauf qu'Harmon allait y aller avec Doris et pas moi. Doris a dit qu'elle m'emmènerait dans un endroit spécial moi aussi un jour, mais moi ce que j'voulais c'était aller avec Harmon et elle. Pourquoi j'pouvais pas y aller? J'voulais

qu'elle me le dise. Harmon aussi, y voulait savoir.
L'a demandé :

— Pourquoi alle peut pas venir ? C'est ma
meilleure amie. J'veux pas y aller sans Janie.

Doris et Patsy se sont regardées, elles ont
haussé les épaules et j'ai pu y aller.

À l'église y avait une longue allée vers un bâtiment comme un cinéma. Y avait plein de gens et
tout le monde, vraiment tout le monde sauf moi
et une dame, tout le monde était noir. Quand j'ai
vu ça j'ai fait un grand sourire et tout le monde
m'a souri. Le prête parlait fort et priait, les gens
assis répondaient par «amen» et «hallelujah» et
agitaient les bras et se levaient et s'asseyaient et
chantaient. Toute la salle chantait. J'ai attrapé
Doris par le bras et Harmon par l'épaule et j'me
suis accrochée très fort. Toute cette salle pleine
de gens qui chantaient ça m'a fait des frissons
partout dans le corps. J'avais envie de pain mais
y en avait pas alors j'me suis mordu la lèvre à
la place. J'avais vraiment envie de chanter mais
j'connaissais pas les sons et les mots. J'connaissais
qu'Aretha, Odetta et Ella. J'connaissais les sons
qu'elles faisaient mais les gens de l'église chantaient d'autres sons.

Après l'église Doris nous a emmenés au Shoney
pour le déjeuner et pour un sundae au chocolat.
On avait jamais mangé de sundae et j'ai tout de
suite adoré. Y avait rien de meilleur qu'un sundae
au chocolat et j'ai laissé le chocolat sécher sur ma
lèvre pour le lécher plus tard.

Harmon et moi on attendait chaque semaine
d'aller à l'église avec Doris et j'sais pas ce que j'préférais : sortir avec Doris et Harmon, la musique

dans l'église ou manger un sundae. Pendant tout ce temps, j'étais si heureuse.

Après trois semaines à l'église j'connaissais presque tous les mots et tous les airs des chansons qu'y chantaient et j'ai essayé moi aussi. J'avais presque cinq ans et j'avais jamais chanté. J'ai ouvert la bouche mais j'ai rien entendu. J'sentais un son dans ma poitrine mais j'l'entendais pas. J'ai ouvert la bouche plus grand comme les hommes et les femmes dans leurs longues robes bleu et doré, j'ai chanté plus fort et j'ai entendu. J'chantais une chanson, c'était la première fois que j'chantais. J'ai remué les épaules et j'ai tapé dans mes mains comme les autres gens et j'ai chanté plus fort. J'ai senti que Doris enlevait la main de mon épaule et j'l'ai entendue arrêter de chanter. J'ai tourné la tête et Harmon me regardait et me souriait. J'ai regardé Doris, elle souriait elle aussi alors j'ai su que j'avais le droit de chanter et j'ai continué.

Chaque fois qu'on devait s'asseoir et écouter parler, j'arrêtais pas de bouger et j'avais faim et j'en pouvais plus d'attendre qu'on s'remette à chanter.

Après l'église Doris m'a dit :

– Ma fille, tu chantes très bien. N'est-ce pas, Harmon ?

– Oh oui, m'dame. Et alle peut chanter d'autes choses. Alle peut chanter les chansons d'Aretha, d'Etta et Roberta.

On revenait à la maison puante en voiture avec Doris, Harmon et moi on était assis derrière. J'lui ai donné un coup de pied dans la jambe.

– Hé, t'abîmes mon seul beau pantalon ! Arrête !

J'ai dit :

– Comment tu sais que j'peux chanter, m'sieur Harmon ? Tu sais pas qu'est-ce que j'peux faire.

Doris m'a regardée dans le rétroviseur et elle a dit :

– Chante-nous quelque chose, Janie. Allez, rien que pour nous. Nous sommes entre amis.

J'ai regardé Harmon et il a hoché la tête.

– Allez, chante, tu peux le faire.

J'avais jamais entendu quand j'chantais seule. J'ai fermé les yeux et j'me suis vue dans la cave sul tapis moisi à écouter Roberta Flack. J'ai entendu sa voix chanter « The First Time Ever I Saw Your Face » et j'ai commencé. Les yeux fermés à chanter dans cette voiture, c'était comme si j'passais les portes nacrées du paradis qu'y disaient toujours à l'église, c'était comme si la glace au chocolat coulait dans ma gorge avec le sirop, les noix, la crème et la cerise. C'était la première fois que j'sentais un truc qu'était à moi.

Chapitre trois

Maman Linda est venue me voir. J'rentrais de l'école dans le bus avec Harmon et elle attendait au bout du chemin où le chauffeur du bus nous faisait descendre, elle avait les jambes et les bras croisés. Elle avait les cheveux blonds, les yeux bleus et elle était belle et les autres dans le bus ils ont dit que ça pouvait être que ma maman tant j'lui ressemblais.

Je suis descendue du bus derrière Harmon et je me suis penchée pour voir maman Linda. Elle avait un grand sourire et elle ouvrait les bras. J'ai couru vers elle mais j'me sentais bizarre pasque j'étais pas sûre de si ça me faisait plaisir de la voir ou pas. Elle m'a serrée contre elle, j'ai mis mes bras autour de sa taille qu'était maigre, si maigre. Elle sentait comme dans mon souvenir, même si j'avais oublié ce souvenir. Elle sentait comme un gâteau au sucre, aux fleurs et à l'huile.

– Alors, comment tu vas aujourd'hui, petite tête ? elle a demandé comme si on s'était quittées le jour d'avant.

Je savais pas quoi lui dire alors j'me suis tournée vers Harmon qu'était derrière nous.

Il avait les mains dans les poches et quand je l'ai regardé, l'a haussé les épaules et sa figure est devenue tout à coup triste comme s'il allait me laisser, pus jamais vouloir me voir pasque maman Linda venait me chercher.

J'l'ai attrapé par le bras qu'était toujours dans sa poche et j'ai dit :

— C'est Harmon, c'est mon frère maintenant.

Harmon a fait un « b'jour » à maman Linda, la tête tant baissée que j'voyais que ses grosses joues. Pis il a retiré son bras et il a couru vers la maison puante sans nous.

— C'est un timide, a dit maman Linda.

— Y te connaît pas, j'ai dit. T'es venue me chercher ? J'rentre à la maison ?

Je savais pas ce que j'espérais comme réponse jusqu'à ce qu'elle dise non. Là j'ai su que j'espérais qu'elle m'emmène pisque dès qu'elle a dit non j'ai voulu la pousser sur la route et courir dans la maison avec Harmon.

Maman Linda s'est arrêtée, a tiré mes deux bras vers elle et s'est penchée.

— Janie, je suis… malade. Je suis en centre de rééducation parce que j'ai eu une… amnésie.

Maman Linda a hoché la tête et elle a répété le mot « amnésie ».

— Qu'est-ce c'est qu'ça ?

Elle a incliné la tête et pris plusieurs mèches de cheveux à moi dans sa main.

— Tu as vraiment une drôle de façon de parler maintenant. Une amnésie, c'est quand on perd la mémoire. Qu'on ne se rappelle plus de rien. Tu vois, je ne me souvenais même plus que j'avais une petite fille. Voilà à quel point j'étais malade.

— Et tu vas mieux? Pourquoi j'peux pas rentrer à la maison?

Maman Linda s'est relevée.

— Tu comprends, je dois encore rester un moment sous surveillance pour qu'on soit sûr que ça ne recommence pas. L'amnésie et tout le reste. Tu ne voudrais pas que ça m'arrive à nouveau et que je te laisse seule sur la plage, n'est-ce pas? Alors pour le moment je viens juste te rendre visite, et si tout se passe bien (maman Linda s'est remise à marcher), alors on vivra de nouveau toutes les deux.

Maman Linda venait me voir une fois par mois, elle m'apportait un sachet de cacahuètes et elle me le donnait comme si elle venait juste pour ça. Quand elle repartait y en avait déjà plus, j'les mangeais toutes sans les croquer comme des vitamines. Et la nuit après j'étais toujours malade, alors Pete a dit que c'était les cacahuètes et y m'a dit de pus en manger mais j'ai été quand même malade. J'l'ai dit à personne sauf à Harmon.

— Harmon, j'suis encore malade.

— Qu'est-ce tu vas faire?

— Me chercher à manger pasque c'est la faim qui fait du mal à mon ventre.

J'ai attendu que Patsy et Pete soyent au lit pis j'ai été dans le noir à la cuisine et j'ai mangé autant de nourriture que mon corps pouvait. Le matin Patsy s'est mise en colère quand elle est descendue et qu'elle a découvert toute sa nourriture qui manquait. Elle m'a disputée avec Harmon pasqu'elle a dit que j'avais pas pu manger tout ça toute seule et elle nous a trahis à Doris.

J'ai dit à Doris :

– C'est pas Harmon, mais Harmon a eu le martinet comme moi, tu dois dire à Patsy que c'est pas Harmon.

Alors Doris et Patsy ont parlé longtemps et elles ont trouvé un truc pour que j'soye pus malade. Doris m'a donné le numéro de téléphone de maman Linda et elle a dit que j'pouvais l'appeler une fois par semaine, et aussi que les jours où maman Linda viendrait, Patsy préparerait de la nourriture en plus pour moi pour que j'mange la nuit si j'étais malade de faim.

La première fois qu'elle a préparé de la nourriture en plus, Patsy a secoué son doigt d'un air vraiment pas content et elle a dit :

– Mais si tu manges autre chose que ce que j't'ai fait, tu passeras la journée debout sur un pied comme punition, et Harmon aussi.

Elle savait qu'elle pouvait m'faire obéir si elle punissait Harmon pour mes bêtises.

– Et merci d'avoir parlé du martinet à Doris, comme si on vous battait comme plâtre ici ! Une journée sur un pied, et tu réclameras le martinet !

À chaque fois que maman Linda venait j'lui demandais si elle allait mieux et elle répondait oui, qu'elle allait mieux chaque jour. Mais elle a jamais reparlé d'aller vivre avec elle et quand je l'appelais chaque semaine comme j'avais droit, elle était jamais là sauf une fois. Le jour où elle a répondu elle a dit que j'appelais au moment où elle partait, qu'elle me rappellerait le lendemain pisqu'elle était pressée mais elle l'a jamais fait.

Harmon et moi on croyait qu'un jour j'irais habiter avec maman Linda et y disait qu'y voulait pas que j'parte pasqu'on était tout l'un pour l'autre. J'savais qu'il avait raison pasque ce que j'aimais le plus c'était Harmon et les dames mais je savais que si maman Linda disait : «viens», j'irais pasque ça devait se passer comme ça, et je me sentais triste de jamais pouvoir dire ça à Harmon.

Maman Linda venait presque chaque mois et un jour elle est venue avec un petit ami. Y m'ont emmenée à un terrain de jeux. Le petit ami avait l'air de tant s'ennuyer que la fois d'après elle en a amené un autre mais on est restés devant la maison puante et on a rien fait.

J'aimais pas les types qu'elle me montrait mais comme on savait jamais, j'demandais toujours si c'était mon père. C'est là que maman Linda s'est mise à imaginer plein de trucs et à raconter des histoires, un jour elle disait que mon père était si célèbre qu'elle devait garder le secret, la fois suivante qu'elle savait même pas qui c'était pasqu'à ce moment-là aussi, elle faisait de l'amnésie.

Des fois maman Linda oubliait de venir me voir et souvent elle restait pas longtemps et elle m'emmenait nulle part, souvent aussi elle se mettait en colère contre moi pasque maintenant elle devait venir me voir deux fois par mois et que ça l'arrangeait pas.

— Les adultes aiment faire des choses d'adulte, elle disait. J'ai des choses à faire, petite tête, alors je dois partir vite. Quand tu seras grande, tu comprendras, mais tu m'appelles, d'accord ? Tu peux m'appeler quand tu veux. Tiens, regarde, je t'ai apporté des bonbons à partager avec Herman.

Je savais quand ses visites allaient être courtes pasqu'elle avait des vêtements noirs et sexy où on voyait ses seins. Un jour où elle est restée longtemps elle portait un grand jean et ses seins étaient cachés. Je préférais les jours où elle restait longtemps même si on s'entendait pas bien.

Elle essayait toujours de se disputer avec moi. Un jour elle a dit que j'faisais tout comme Harmon sauf qu'elle l'a appelé Herman.

— Vous êtes toujours en train de chuchoter tous les deux. Je n'aime pas ça. C'est malpoli. Qu'est-ce que vous vous dites, de toute façon ? Vous parlez de moi ? Vous aimez vous moquer de moi, hein ?

— On parle pas de toi, maman Linda. On parle, c'est tout.

— Je n'aime pas ce garçon. Il est trop calme. Il me rend nerveuse. Il est toujours en train de m'observer et de me faire la grimace. Pourquoi il me fait cette grimace ?

— Tu trouves pas qu'il a un sourire doux comme personne ?

Maman Linda détestait que j'me dispute pas avec elle mais je savais que sinon elle reviendrait jamais alors j'ai jamais rien dit contre elle, même pas un petit truc. Pis un jour Doris m'a dit qu'maman pouvait me prendre le week-end et maman m'a emmenée dans un motel. Dès qu'elle est arrivée sul parking j'ai eu peur pasqu'y avait une piscine au motel et que la dernière fois que j'étais allée avec maman Linda j'avais failli me noyer et qu'elle avait disparu.

— Pourquoi on va pas à la maison ? j'ai demandé. J'croyais qu'on allait à la maison.

— On n'a pas le droit de quitter la ville, petite

tête. Si cette visite se passe bien, je pourrai t'emmener à la maison mais Doris a dit que, pour l'instant, on doit rester dans les parages. Mais ça n'a pas d'importance, si ? De toute façon, je ne suis pas souvent à la maison.

– J'sais.

Maman Linda a tendu le doigt vers le bout du parking.

– Regarde, il y a une piscine et je parie qu'il y a un distributeur de Coca juste à côté de notre chambre. On pourra boire du Coca toute la nuit, si on veut.

– J'veux pas aller dans l'eau.

– Bien sûr que si, tu vas y aller, petite tête. Tu peux nager en culotte si tu n'as pas de maillot. Tu seras ravissante. Tout le monde te trouvera ravissante.

Maman Linda avait déjà l'air d'imaginer ça, tout le monde qui me trouvait ravissante et elle qu'était toute fière.

Mais j'ai pas eu longtemps peur de m'noyer dans la piscine. Maman a été faire pipi dès qu'on est entrées dans la chambre. Elle a posé la petite valise qu'elle avait et elle a couru à la salle de bains. J'suis restée à l'entrée, j'attendais.

– Doris raconte que tu sais chanter, elle a dit en sortant des toilettes et en remontant sa braguette. Alors vas-y, chante. Voyons quelle bonne petite chanteuse j'ai là.

– J'sais pas chanter.

– Doris dit que tu as une jolie voix. Allez, petite tête, chante.

J'me suis tournée vers la porte et j'ai répété :

– J'sais pas chanter.

J'ai rien fait d'autre pourtant maman m'a poussée dehors, elle m'a fait remonter dans la voiture, elle a démarré très vite et alle a repris l'autoroute.

— Si tu ne chantes pas, je te ramène à Patsy. C'est comme ça, tu as compris? Alors, tu vas chanter?

J'ai secoué la tête, je baissais le menton. J'avais envie que maman Linda me garde mais j'pouvais pas chanter. J'pouvais pas chanter pour elle.

Maman Linda retournait chez Patsy et Pete, elle disait qu'elle s'en foutait que je la trahisse à Doris, qu'elle en avait de toute façon marre que cette bonne femme au gros cul mette le nez dans ses affaires.

Elle m'a pas ramenée jusqu'à la maison. Elle s'est arrêtée là où le bus nous laissait Harmon et moi et elle m'a dit de descendre.

— J'reviendrai quand tu seras prête à chanter, alors si tu veux me revoir…

Elle a rien dit d'autre. J'suis descendue de la voiture et elle a démarré tout doucement, comme si elle croyait que j'allais lui courir après.

J'ai vu qu'elle me regardait dans le rétroviseur alors je me suis retournée et j'ai marché vers la maison puante. Maman Linda s'est arrêtée et ses pneus ont fait du bruit.

J'ai continué à marcher et j'ai chanté pasque le seul truc que j'connaissais pour pas me sentir malade de faim, c'était chanter.

Chapitre quatre

Ça faisait un an que maman Linda venait me voir mais là elle a dit à Patsy qu'elle reviendrait pus jamais et que Doris pouvait me faire adopter. Doris a dit de pas m'inquiéter, que je devais laisser à maman Linda le temps de se calmer un peu.

Harmon et moi on a dit qu'on était heureux d'être à nouveau tous les deux mais des fois j'étais triste et j'avais envie que maman Linda revienne, et Patsy disait que j'allais devenir obèse pasque j'arrêtais pas de manger dès que j'pensais à maman Linda. Des fois quand y avait personne dans le salon j'essayais de téléphoner à maman Linda. Je l'ai eue deux fois et les deux fois elle a raccroché.

Pis M. et Mme James sont venus nous voir. Z'étaient marron clair comme un frère et une sœur et z'étaient tous les deux grands et maigres mais M. James avait des grandes dents et y parlait tout doucement et tout calmement. Mme James parlait elle aussi doucement mais elle était pas aussi calme et elle riait beaucoup. J'ai cru qu'y venaient me voir pisque personne venait jamais voir Harmon mais en fait y venaient pour lui. Z'ont dit qu'y pouvait les appeler maman et papa ou John et Cherise, comme y voulait. Y l'ont emmené deux heures et quand y l'ont ramené, Harmon était plus pareil. Y m'a presque rien dit. Y m'a pas parlé de ce qui se passait alors j'ai eu peur et la nuit j'ai été dans le frigo même si ça faisait des mois que maman Linda était pas venue et qu'elle raccrochait le téléphone quand j'appelais. Le lendemain après l'école, Patsy m'a fait rester debout sur une jambe jusqu'au dîner pour me punir d'avoir mangé toutes ses tomates. J'avais très très mal aux chevilles même si je trichais et que je changeais de pied quand elle regardait pas.

Un vendredi après-midi j'ai pas vu Harmon dans le bus et j'ai pleuré, et les autres m'ont traitée de bébé pisque j'avais presque sept ans et que j'pleurais mais je m'en foutais pasque j'avais peur, je voulais savoir où était Harmon.

Pete était assis dehors à boire une bière quand je suis arrivée à la maison. L'a vu ma tête et y m'a demandé :

– Pourquoi tu chiales ?

– Où est Harmon ? L'était pas dans le bus avec moi.

Pete a agité la main.

– Il est allé passer le week-end avec ces James. Ils vont l'adopter. Ils vont devenir ses parents.

– Et j'vais pus jamais le revoir ?

J'avais les épaules qui tremblaient tant j'avais peur.

– Calme-toi, ma fille. Tu le verras dimanche. Il est pas encore parti.

J'ai passé le week-end cachée dans la cave à sucer des boules de pain et à avoir peur pasqu'Harmon avait emporté ses cassettes comme s'il allait jamais revenir. La nuit j'ai fait une crise de faim mais j'savais que je pouvais pus aller dans la cuisine alors j'ai été chez la dame en face – celle avec le pistolet dans la botte – sans m'inquiéter de ce qui pouvait m'arriver. J'ai grimpé au pêcher et j'ai mangé des pêches pas mûres jusqu'à ce que j'soye malade. Pis j'suis retournée à la maison puante et j'ai tout vomi dans les toilettes.

Harmon est revenu le dimanche avec un album photo sous son bras maigre et l'a dit que c'était le livre qui racontait l'histoire de M. James et de Mme James, de leur maison et de leur chien et de l'école où Harmon allait aller et tout ce qu'Harmon avait envie de savoir sur eux. Y m'a montré l'album, y l'a montré à Patsy et Pete pis il l'a regardé tout seul pendant que moi j'le regardais lui, et l'était si heureux qu'y voyait pas comment j'en pouvais pus d'être malheureuse. Y m'a dit que lui et sa nouvelle maman et son nouveau papa avaient été à la pêche et y m'a remontré une photo de la partie de pêche. L'a dit qu'y l'avaient aussi emmené à un match de football et qu'il avait rencontré un garçon de son âge, Max, qu'habitait juste à côté, qu'il allait avoir une chambre rien qu'à lui et des jouets rien qu'à lui qu'auraient pas à rester dans une caisse, que M. James l'avait emmené à son bureau et laissé jouer sur l'ordinateur et que M. James avait dit qu'Harmon apprenait vite. Harmon pouvait pas s'arrêter de parler et y voyait pas que chaque mot qu'y disait me faisait mourir.

Je lui ai demandé de venir écouter les dames avec moi et on s'est mis sul tapis comme d'habitude sauf que c'était pas comme d'habitude pasque pendant qu'Aretha chantait, Harmon arrêtait pas de parler comme si elle avait plus d'importance pour lui.

J'ai arrêté la cassette pasque j'en pouvais pus et j'ai dit :

— On va jamais s'revoir, Harmon ?

Harmon s'est assis, l'a haussé les épaules et l'a baissé la tête vers ses genoux.

— Sais pas. (Il a relevé les yeux.) Mais tu s'ras toujours ma meilleure amie, Janie.

Deux semaines après M. James et Mme James sont venus chercher Harmon pour de bon. Z'avaient leur chien dans la voiture qui bavait sur la vitre comme s'il était si content d'avoir enfin Harmon. Mais moi, j'voulais pas. Je m'accrochais à Harmon et je pleurais comme une folle, Patsy me rattrapait mais j'arrivais à m'échapper. Harmon pleurait aussi, y disait tout bas que c'était moi qu'il aimait le plus, plus que les dames même, et à l'intérieur de moi, j'étais tant malade que j'avais l'impression que j'allais mourir.

Pete m'a arrachée à Harmon et l'a poussé dans la voiture pendant que Patsy me retenait pour que j'puisse pus m'agripper à lui. La voiture est partie et j'hurlais tant j'avais mal. Pis la voiture s'est arrêtée et j'ai cru qu'y z'allaient me redonner Harmon. J'ai couru et j'ai vu une vitre de derrière qui se baissait.

Harmon m'a appelée, je courais, j'voulais rejoindre la voiture et le tirer par la fenêtre.

— Tiens, alle est à toi maintenant, il a dit.

Y m'a tendu sa cassette d'Etta James, ma préférée, je l'ai prise, j'me suis assise dans l'allée en serrant la cassette dans mes mains et j'ai pleuré de perdre Harmon et les dames, j'ai pleuré tant qu'à la fin, j'avais la voix qu'était toute sèche.

Chapitre cinq

J'ai commencé à chanter mon blues à moi quand j'ai pus eu Harmon et les dames. Je montais à l'érable du Japon et j'chantais des chansons que j'inventais, j'faisais durer les sons longtemps et je changeais les airs tant j'avais mal. J'chantais tous les mots qui me venaient dans la tête pasque la chanson avait pas d'importance, l'important c'était chanter. J'voulais juste aller où mes chansons m'emmenaient, toucher l'endroit qui me faisait mal pis qui guérissait pis qui me refaisait mal.

J'ai pas eu des nouvelles d'Harmon pendant longtemps pis j'ai reçu un paquet par la poste avec son nom dessus. Dedans j'ai trouvé une boîte à chaussures mais c'était pas la vieille boîte tout abîmée d'Harmon, c'était une neuve. J'l'ai ouverte et elle sentait les chaussures neuves mais dedans y avait pas des chaussures : y avait des cassettes. Sul mot Harmon disait que son nouveau papa et lui avaient enregistré les dames pour moi, comme ça on les aurait tous les deux. Y me demandait de lui envoyer Etta James pour qu'y la copie aussi. À la fin, y avait écrit « je t'embrasse très fort, Harmon W. James ». L'avait le même nom qu'Etta. Je l'ai dit à Patsy, qu'était debout derrière moi avec un bébé dans les bras pour regarder ce que j'avais reçu.

– Harmon a le même nom qu'Etta James maintenant.

Patsy a répondu :

– James, c'est un nom très courant. N'en tire pas des grandes conclusions, Janie. Tu t'imagines toujours plein de choses à partir de rien.

– Tu crois qu'y connaissent Etta James ?

Patsy a mis le bébé sur son autre côté et elle a répondu :

– Qu'est-ce que je viens de te dire ? Non, ils la connaissent pas. Elle est sans doute morte, de toute façon. Je sais pas pourquoi vous écoutiez toujours tous ces gens morts. Tiens (elle m'a tendu le bébé), il a fait dans sa couche. Va le changer et oublie pas de te laver les mains. Au fait, Doris t'emmène pas à l'église dimanche.

J'étais déjà pus dans la cuisine mais j'me suis retournée. Le bébé me tirait les cheveux sur la figure et ça m'empêchait de bien voir Patsy.

– Pourquoi alle m'emmène pas ?

Patsy s'est retournée et a pris un autre bébé sur une chaise haute.

– Elle a appelé pour dire que sa fille était morte.

– Alle a une fille ? Alle a une fille qu'est morte ?

– Ouais. Qu'est-ce que tu crois ? Tu crois qu'elle a pas de vie en dehors de toi ?

J'ai enlevé mes cheveux des mains du bébé. Y sentait vraiment mauvais mais j'suis restée quand même.

– Quel âge a sa fille ?

Patsy a haussé les épaules et elle a posé le bébé dans l'évier.

— Elle était adulte. Sans doute mon âge.

— Quel âge t'as ?

— J'ai trente-six ans, mademoiselle la curieuse. Maintenant va changer la couche de ce bébé pour pas que ses fesses deviennent toutes rouges.

Patsy a déshabillé l'autre bébé, elle a attrapé le tuyau du robinet et elle a mouillé le bébé.

— C'est quoi son nom ?

— À qui ? À la fille de Doris ? Leshaya. *C'était* son nom. Pourquoi ? Tu me crois pas ? Tu crois que j'ai inventé ça pour te rendre malheureuse ? Tu crois pas que j'ai autre chose à faire que d'inventer des trucs pour que Doris vienne plus te voir ?

Je suis partie avec le bébé en pensant à ce nom, Leshaya. Un joli nom. Vraiment joli.

Chapitre six

LESHAYA. J'ai répété ce nom tout l'après-midi. Je l'ai emporté au lit avec moi, il a dormi contre ma langue et quand j'ai ouvert les yeux le matin, c'est le premier mot que j'ai dit. J'adorais le bruit qu'y faisait – un bruit doux et facile, facile comme on respire. Dire et entendre ce son, ça m'a rendue toute calme à l'intérieur, toute tranquille, comme si j'étais avec Harmon et Doris dans l'église avant qu'elle soye pleine de gens.

J'ai pris le nom à l'école avec moi et je l'ai gardé dans ma tête pasque j'étais pas encore prête à le dire à d'autres. J'avais besoin de le garder pour y penser comme pour les dames et leurs chansons. En mathématiques, j'l'ai écrit de plein de façons sur une feuille, j'ai couvert la page de Leshaya, de Lashaya, de Lisheya. Y faisait aussi joli écrit que dit, même des autres façons mais j'ai choisi Leshaya. Je rêvais d'avoir ce nom pour moi pour toujours. Je voulais que tout le monde m'appelle Leshaya.

Dans le bus pour revenir de l'école l'après-midi je pensais qu'en arrivant à la maison puante j'dirais à Patsy et Pete : « Mon nom, c'est Leshaya » et je verrais bien ce qu'y diraient, mais maman Linda était cachée derrière un buisson près de l'arrêt de bus et elle m'a attrapée avant que j'prenne le chemin de la maison. Sa main est sortie du buisson, elle m'a serré le bras et elle a tiré si fort que j'ai failli perdre mes chaussures. Elle a dit : « viens » et j'ai fait comme elle disait pasque j'avais pas l'choix. J'ai été avec maman Linda jusqu'à une voiture blanche sur la route de l'autre côté du buisson. Elle m'a dit d'monter derrière. Elle est montée avec moi et j'ai pas eu le temps de poser mon cartable, de mette ma ceinture et tout que la voiture avait démarré. J'ai attaché ma ceinture et j'ai regardé les gens devant. Y avait une Blanche avec une figure maigre et des dents de bébé qui me souriait et un Noir avec deux cicatrices pas belles sur la figure qui conduisait.

– Janie, je te présente Mitch et Shelly, a dit maman Linda.

La dame assise devant m'a tendu la main et a dit :

– Appelle-moi Shell.

Elle avait un regard tout heureux et tout bizarre, comme si elle allait me dévorer dès qu'elle pourrait.

La dame a regardé maman Linda. Elle attendait, j'crois, que maman Linda m'explique ou me dise un truc.

– On te sort de ce trou puant où tu vivais, a annoncé maman Linda. T'es contente, hein ?

– Ouais, m'man, j'crois, j'ai dit, alors maman Linda a fait un signe de tête à Shell et elle a dit :

– Tu vois, exactement ce que je t'avais dit, polie, gentille et jolie.

J'ai souri en cachette pasque j'savais qu'elle parlait de moi. Shell a hoché la tête pis elle m'a demandé :

– Dis-moi, tu as faim ? On t'a acheté un bon sandwich au poulet.

Elle s'est retournée pour chercher le sandwich, maman Linda a dit à Mitch de prendre à gauche pis que les panneaux nous guideraient jusqu'à l'autoroute. Maman Linda avait les mains qui tremblaient et elle avait l'air aussi bizarre que Shell. Elle était maquillée mais on voyait quand même sa peau jaune sous la poudre et elle sentait comme d'habitude le truc fleuri qu'elle mettait comme parfum, sauf que ça cachait pas une odeur – une drôle d'odeur de pourri.

– On va où ? j'ai demandé.

– Tu vas à Birmingham. C'est chouette, non ? a dit maman Linda.

Elle me regardait pas. Elle s'est essuyé la bouche. Ses lèvres étaient toutes craquées.

J'ai haussé les épaules. J'connaissais pas Birmingham, je savais juste que c'était en Alabama.

– Tu veux de la mayo ou pas dans ton sandwich ? a demandé Shell.

– J'm'en fous. J'vais plus jamais retourner chez Patsy et Pete ?

Shell m'a donné le sandwich et a regardé maman Linda d'un air pas content, comme si j'avais dit un truc qu'y fallait pas.

Maman Linda m'a dit :

– Tu ne retourneras jamais plus dans cet

horrible endroit. À partir de maintenant, Shell et Mitch vont s'occuper de toi.

– Shell et Mitch ? Et Doris sait que j'pars ?

– Non. Janie, écoute, ça doit rester un secret, d'accord ? Mitch et Shell sont des gens très gentils et ils adorent les enfants. (Shell a acquiescé.) Et ils vont être très gentils avec toi. Toi, tu as juste à être leur fille. Tu les appelleras maman et papa. Tu crois que tu peux faire ça ?

J'ai tourné la tête vers Mitch. Y regardait la route mais j'voyais quand même un bout de sa figure et ses mains sur volant et j'ai pensé que même s'il était pas très noir comme Doris, il était quand même assez noir, alors j'ai dit oui.

Maman Linda m'a donné une petite tape sur la jambe et a dit à Shell :

– Tu vois, je te l'avais dit.

Shell a voulu me caresser les mains.

– Je t'aime déjà. Je m'occuperai bien de toi, mon cœur.

J'ai enlevé mes mains et j'ai fait comme si j'déballais mon sandwich pasque j'avais pas confiance en une Blanche toute bizarre qui disait qu'elle m'aimait cinq secondes après qu'elle me voye. J'ai regardé maman Linda.

– Et toi ? Tu vas où ? Pourquoi t'es pus ma maman ?

– Bien sûr que je suis ta maman, petite tête. Je suis ta maman Linda et voici ta maman Shell, mais à partir de maintenant c'est Shell qui va s'occuper de toi. Tu vois, c'est elle qui t'a acheté ce sandwich. Je n'avais même pas pensé que tu pourrais avoir faim. Alors elle va être ta maman. C'est le marché.

Je me suis demandé pourquoi elle disait ce mot, marché. Doris l'avait dit un dimanche quand elle m'emmenait déjeuner avec Harmon. Elle avait dit pisqu'Harmon et moi on s'échangeait toujours notre nourriture, qu'on passait des marchés. J'avais demandé à Doris ce que ça voulait dire, passer un marché, et elle m'avait expliqué que c'était quand deux personnes étaient d'accord pour échanger queque chose, par exemple, Harmon et moi on était d'accord pour s'échanger notre nourriture.

Alors j'ai demandé à maman Linda dans la voiture :

– T'as passé un marché avec maman Shell ?

Maman Linda a gigoté, elle agitait les jambes comme si elle avait mal, elle regardait par la vitre.

– Euh, oui, oui, on a passé un marché.

– Un échange ? Z'avez fait un échange ?

Maman Linda a dit à Mitch :

– Tu peux me laisser ici. C'est bon, je finirai à pied.

– On est presque à la bretelle, a répondu Mitch. Attends qu'on ait quitté l'autoroute.

– Non, c'est bon. J'ai besoin de marcher. Mitch, j'ai besoin de marcher !

Tout d'un coup, maman Linda avait une voix comme si elle était folle. Elle demandait d's'arrêter, juste après elle hurlait qu'elle avait besoin de marcher et elle ouvrait la portière comme si elle allait sauter.

Mitch s'est arrêté, maman Linda est descendue et elle a remonté la route à pied.

On a rien dit pendant longtemps. Mitch a quitté l'autoroute et on a continué à rouler. Je restais avec mon sandwich au poulet déballé sur les genoux, Shell regardait droit devant elle.

Pis au bout d'un très long moment de silence, elle s'est retournée et m'a dit :

— On va devoir changer ton nom. J'ai une sœur qui s'appelle June. On va t'appeler June.

J'ai dit :

— Faut m'appeler Leshaya.

Shell et Mitch ont échangé un regard et Mitch a demandé :

— Qui c'est Leshaya ?

— Moi, j'ai répondu. Maintenant c'est moi Leshaya.

Chapitre sept

Je savais qu'on m'avait kidnappée mais je m'en foutais.

Qu'est-ce que ça pouvait me faire, qui c'est qui m'emmenait ? Les services sociaux m'avaient enlevée à maman Linda pour me donner à Patsy et Pete pis maman Linda m'avait reprise et elle avait passé un marché avec papa Mitch et maman Shell. Ça changeait rien, d'toute façon personne me demandait jamais ce que j'ressentais. Alors qu'est-ce que ça pouvait me faire que j'soye kidnappée ? Et pis maman Linda me donnait pas à n'importe qui. Elle avait passé un marché avec mon papa. Mitch pouvait être que mon vrai papa pisqu'y avait pas de raison qu'elle me donne à des étrangers.

Maman Shell a essayé de m'appeler June ou Juney mais je répondais que quand elle m'appelait Leshaya alors elle a vite compris que j'étais têtue et obstinée, comme disait Patsy. Mais elle m'a pas donné des coups de martinet et elle m'a pas fait non pus tenir sur un pied. Et elle m'a appelée Leshaya.

Le premier soir chez eux elle m'a trouvée en train de pleurer pasque j'avais peur, pasqu'Harmon et les dames me manquaient et Doris aussi, et elle a dit qu'elle pouvait rien faire pour Harmon et Doris mais qu'on pourrait aller dans un magasin de musique m'acheter des disques neufs.

Le jour d'après on a été faire des courses. J'ai pas trouvé les mêmes cassettes que celles d'Harmon mais j'en ai pris d'autres des dames que j'connaissais pas et une en plus d'Etta James. Maman Shell m'a acheté aussi un magnétophone neuf, ceux avec un casque qu'on accroche à la ceinture du pantalon pour que j'puisse écouter sans que personne entende. Je pouvais me mette dans mon lit le soir et écouter aussi longtemps que je voulais jusqu'à m'endormir, y avait personne pour me dire non et pas de bébé dans un berceau près de moi qui pleurait pasqu'y voulait de la lumière.

Des fois quand j'chantais mes chansons dans mon lit je me demandais si quelqu'un me cherchait. Est-ce que Doris se souvenait de moi ? Est-ce qu'Harmon voulait savoir c'que j'étais devenue ? Est-ce que Patsy et Pete étaient contents qu'j'habite pus chez eux ? Je m'endormais avec toutes ces questions et le matin maman Shell me disait au petit déjeuner ou quand elle me coiffait :

— Tu t'es encore levée dans ton sommeil cette nuit.

— Ah ouais ? Et j'ai été où ?

— Comme la dernière fois. Tu es allée au téléphone avec un grand sourire, les yeux brillants et grands ouverts, et tu as composé un numéro comme si tu téléphonais.

Maman Shell plissait les yeux et me regardait en disant ça.

– Et qui j'appelais ?

Maman Shell a répondu :

– Je croyais que tu pourrais me le dire.

– J'connais le numéro de personne, j'ai dit en haussant les épaules.

Maman Shell disait qu'elle avait peur que j'me fasse mal en marchant dans mon sommeil mais je savais qu'en fait elle aimait pas que j'téléphone pasque j'pouvais ptête appeler quelqu'un et qu'elle aye des ennuis. C'est pour ça que j'lui ai pas dit que je connaissais le numéro de maman Linda. J'lui ai pas dit que c'était sans doute elle que j'appelais dans mon sommeil. Dès que maman Shell voyait un flic, même dans une voiture qu'allait dans l'autre sens elle avait comme une attaque. Elle me disait de me cacher, de faire semblant ou de regarder de l'autre côté. J'savais jamais ce qu'elle voulait alors j'bougeais pus jusqu'à ce qu'elle me dise que c'était bon. Comme si elle était inquiète d'être vue avec moi. Elle regardait toujours derrière elle pour voir si on nous suivait, elle vérifiait dans le rétroviseur.

Maman Shell avait peur que je m'enfuie ou que je raconte qu'elle m'avait volée mais j'lui disais :

– Pourquoi j'ferais ça ? Tu m'traites mieux que Patsy et Pete.

Et ça aussi, c'était vrai. Et aussi, notre maison puait pas. À l'intérieur, ça sentait toujours les vêtements tout propres pasque maman Shell faisait tout le temps des lessives. J'savais pas où elle trouvait toutes ces choses à laver mais elle était toujours en train de nettoyer. Elle disait que j'devais mettre du déodorant pour pas sentir l'oignon, elle me lavait les cheveux tous les jours et, des fois, elle me donnait deux bains dans la journée, alors j'avais toujours la peau qui tirait.

Elle adorait me coiffer, des fois je partais à l'école avec une coiffure et quand j'rentrais, elle m'en faisait une autre. Elle aimait dire qu'j'avais les mêmes cheveux blonds qu'elle, que ceux de maman Linda étaient teints, que c'étaient pas des vrais. Elle disait que c'était dommage que maman Linda se teigne les cheveux, que ça serait mieux qu'elle aye sa vraie couleur. Elle aimait parler de tout ce qu'allait pas bien à maman Linda et bien à elle. Un jour, elle a dit qu'elle savait que je m'étais presque noyée dans le golfe du Mexique, qu'elle l'avait lu dans le journal.

J'ai expliqué à maman Shell que maman Linda faisait de l'amnésie et qu'elle avait oublié sa petite fille, j'lui ai dit que c'est pour ça que je m'étais presque noyée mais maman Shell a dit :

— Écoute, je veux que tu ne racontes à personne ce que je vais te dire, surtout pas à papa Mitch. Il ne veut pas que je t'explique ça, mais tu as le droit de savoir. Ce n'était pas de l'amnésie. Ta maman ne souffre pas d'amnésie. C'est une droguée. Elle prend de la drogue. De l'héroïne. C'est une héroïnomane. C'est dangereux. Et ça joue des mauvais tours.

J'ai regardé maman Shell, on aurait dit qu'elle avait des pétards qui venaient d'exploser dans ses yeux. J'ai vite su comment reconnaître ce regard. C'était son regard qui voulait dire « c'est pas bien c'que j'te dis ».

J'ai demandé :

– Ma maman prend de la drogue ?

– Oui, mais ne va pas raconter que je te l'ai dit, d'accord ?

– Et où alle trouve sa drogue ?

– Hein ?

Les yeux de maman Shell se sont éteints. On aurait dit qu'y z'étaient tout d'un coup morts.

– Où alle trouve sa drogue ?

Maman Shell m'a tournée pour me coiffer.

– Comment tu veux que je le sache ? Sans doute dans la rue, comme tout le monde. Maintenant, tiens-toi tranquille. Linda est sale. Elle doit vivre dans la rue, tellement elle sent mauvais. Tu n'es pas contente d'habiter une jolie maison toute propre ? Maman Shell ne tient pas bien sa maison, peut-être ?

Maman Shell travaillait dur à tout nettoyer, elle frottait et elle récurait. Comme si le monde tout entier était une grosse tache qu'elle pouvait jamais arriver à rendre propre. J'avais des amis à l'école pasque j'étais jolie, que j'avais de belles coiffures et des beaux vêtements, alors j'pouvais dire merci à maman Shell pour ça aussi.

Le premier jour d'école, j'ai entendu maman Shell expliquer au directeur qu'on venait d'arriver en ville, papa Mitch, elle et moi. Elle a donné des faux renseignements, un faux certificat de naissance, tout était faux mais personne a rien dit. J'm'en foutais pasque sur tous mes nouveaux papiers je m'appelais Leshaya et j'avais des bonnes notes en maths. Avant, j'avais jamais des bonnes notes en maths.

J'ai raconté aux enfants de ma nouvelle école que j'avais une maman blanche et un papa noir, que j'étais donc à moitié noire même si ça se voyait pas. Je levais le bras et j'les faisais regarder tout près, j'leur disais que sous le blanc, y avait des couches noires et que si on regardait bien, on les voyait. Presque tous disaient qu'y voyaient que du blanc mais ma nouvelle meilleure amie Shanna, elle disait qu'elle voyait le noir, moi aussi j'le voyais alors les autres, ça avait pas d'importance ce qu'y disaient.

J'étais fière de papa Mitch et j'ai pensé que la prochaine fois que j'verrais maman Linda, je lui demanderais si c'était mon vrai papa juste pour être sûre que j'me trompais pas pasqu'à part ses cicatrices, il était beau. L'avait une grande tête et des pommettes hautes et plates pasqu'il avait du sang indien, maman Shell disait. L'avait des longs cheveux noirs avec une raie au milieu, un grand nez avec des grosses narines, une bouche toute grosse et des petits yeux profonds qu'avaient l'air pleins d'intelligence comme s'il avait appris tout ce qu'y savait de la vie par ses yeux et qu'y stockait tout dedans.

On aurait dit que ce que papa Mitch préférait au monde, c'était l'argent et l'or. L'avait une dent en or au milieu de la bouche et y portait une montre en or, des chaînes aux poignets et aux chevilles et des boucles d'oreilles en or et aussi des boutons en or de chaque côté de sa veste en cuir qu'y quittait jamais. L'avait toujours un gros tas de billets qu'il aimait bien sortir et compter, surtout quand maman Shell le disputait pasqu'il avait fait un machin qu'elle aimait pas.

Le seul ennui c'est que papa Mitch voulait pas entendre parler de moi ou de maman Shell. J'me suis rendu compte de ça la première fois que j'ai essayé de discuter avec lui. Je voulais savoir pour ses cicatrices. J'me demandais quel accident avait fait ces trous dans sa joue. J'lui ai posé la question et il a répondu : « La ferme ! »

Dès que j'essayais de lui parler, c'est ce qu'y disait. Y me parlait jamais, d'toute façon y parlait pas beaucoup. Et y restait jamais très longtemps à la maison. Toutes les nuits ou presque on savait pas où il était. Maman Shell disait qu'il allait beaucoup à Miami pour le travail, que c'est pour ça qu'il était jamais là. Un jour elle a dit qu'il avait sans doute une autre femme là-bas en Floride pis elle a éclaté de rire en se rendant compte qu'elle avait parlé tout haut et que j'étais là.

– Je rigolais, Leshaya, chasse cet air inquiet de ton joli visage, elle a dit.

Et elle a ri encore un peu mais ses yeux crachaient des étincelles.

Chapitre huit

Maman Shell adorait faire des courses. Elle adorait venir m'chercher à l'école pour m'emmener au centre commercial. On aurait dit que son porte-monnaie était toujours plein d'argent mais elle payait pas toujours ce qu'on prenait. Elle avait l'air si normal dans les magasins que même quand j'la voyais prendre un truc j'étais pas sûre qu'elle l'aye volé jusqu'à ce qu'on rentre et qu'elle le sorte de son sac. Elle avait travaillé dans un grand magasin qu'avait l'appareil qu'enlève les machins en plastique des vêtements. Elle le mettait dans son sac quand elle sortait comme ça on prenait les vêtements qu'on voulait et ça faisait pas sonner l'alarme en sortant. J'étais fière de comment elle piquait des trucs sans se faire attraper. Elle avait vraiment l'air innocent quand elle voulait. Mais souvent elle avait juste l'air très chic. Elle faisait tenir ses cheveux avec plein de laque et elle se maquillait d'une façon qui faisait que sa figure avait l'air toute rose. Quand on allait au centre commercial elle portait toujours une jupe qui serrait son corps maigre et elle avait mal aux pieds pasqu'elle disait que ses chaussures étaient trop neuves.

On allait au magasin de jouets en dernier. Maman Shell payait mes jouets avec du vrai argent et ça aussi ça me rendait fière. Mon jouet préféré, c'était ma poupée, une poupée noire avec des beaux cheveux noirs crépus et des yeux marron et heureux. Je l'ai appelée Doris pasqu'elle était aussi noire que Doris et j'lui chantais mes chansons. Je lui chantais les vieilles chansons, celles que j'avais pas retrouvées au magasin de musique. Je les chantais pour pas les oublier.

Harmon et Doris me manquaient tout le temps. Ça me manquait de pus écouter les dames en suçant des boules de pain à la cave avec Harmon. Maman Shell m'avait mise au régime pasqu'elle disait que c'était pas normal que mes seins commencent à grossir à sept ans. Mais moi j'voulais pas être trop maigre comme elle. On aurait dit que les Blanches voulaient toujours être maigres, qu'elles voulaient pas avoir ce qui les rendait femmes. Patsy, maman Linda ou maman Shell, elles avaient pas de seins et pas de fesses. Moi j'me moquais de devenir grosse comme Doris pisque je savais que si j'étais grosse, j'serais jolie et que les gens voudraient me prendre dans leurs bras, se coucher contre moi et s'endormir près de moi tant j'étais confortable et que j'sentais bon la poudre et le parfum.

Un soir j'chantais mes chansons à ma poupée Doris au lit, les yeux fermés et le casque sur les oreilles même si j'écoutais pas de cassette. Mais y m'empêchait d'entendre alors j'ai failli tomber du lit quand papa Mitch m'a attrapée par le bras et m'a secouée. Y faisait noir dans la chambre et j'voyais pas sa figure mais il avait une grosse voix comme s'il était en colère. Y m'a demandé :

– C'est toi qui chantes ?

J'savais pas quoi dire pasque qui ça pouvait être d'autre ? Mais y me demandait ça comme s'il attendait une réponse alors j'ai dit :

– Ouais, papa Mitch. J'savais pas que t'étais rentré. (Je me suis assise sur mon lit en serrant Doris contre moi.) T'aimes pas la musique ? Tu peux pas dormir à cause de moi ?

Il a dit :

– Ma fille, t'as une sacrément belle voix.

– Ouais, papa. Doris disait que j'chante bien.

– J'ai jamais entendu un enfant chanter comme ça. (Papa Mitch a secoué la tête.) Ta voix, on dirait du miel. Elle est riche. Riche et douce, très douce. Mmmm…

Il a secoué la tête et il est parti.

Le lendemain, papa Mitch a dit à maman Shell qu'y m'emmenait à l'école et maman Shell a eu des étincelles dans les yeux, c'est comme ça que j'ai su qu'elle aimait pas qu'y m'emmène et qu'elle pensait que c'était pas bien. Mais elle l'a laissé faire pasque même s'il était pas souvent là, c'était lui le chef.

J'ai dû lui expliquer comment on allait à l'école. Y faisait à peine attention pasqu'y me posait plein de questions sur mes chansons.

– Qui t'a appris à chanter comme ça ?

– C'est les dames : Etta James, Sarah Vaughan et Aretha Franklin. J'avais leurs cassettes et celles d'autres chanteuses. J'écoute les dames depuis que j'suis toute petite. Avec Harmon. (J'ai regardé papa Mitch.) Tu connais Harmon?

Papa Mitch a secoué la tête et j'ai montré le panneau de l'école.

– Harmon c'est mon meilleur ami. C'est mon frère d'adoption. On écoutait tout le temps les cassettes, Harmon disait qu'y danserait et j'disais que j'chanterais. Et tu sais quoi? Chanter c'est la meilleure chose que j'sais faire. Même quand j'suis triste, ça m'fait du bien. Tu comprends, papa Mitch?

Y s'est arrêté devant l'école mais j'lui ai montré le parking où y pouvait se garer. L'a dit qu'il avait pas besoin de se garer, qu'y me déposait juste mais j'lui ai dit que j'voulais qu'y m'accompagne à ma classe. Il a demandé:

– Et pourquoi je suis obligé de faire ça?

– T'es pas obligé. J'ai juste envie, c'est tout. J'veux que tout le monde voye que t'es mon papa.

Papa Mitch m'a regardée avec l'air de se demander: «à quoi bon?» mais je l'ai tiré par le bras, et il a dit:

– Bon, d'accord.

Et il a secoué la tête. N'empêche, il avait les yeux tout contents en me conduisant en classe.

Après ça chaque fois que papa Mitch rentrait, y m'appelait pour que j'vienne l'embrasser et lui chanter une chanson. L'a ressorti une vieille guitare de sous son lit. Y disait qu'il avait cette guitare depuis ses quinze ans. Y disait qu'avant de connaître maman Shell y l'aimait tant qu'y la mettait au bout de son lit. Ça le faisait rire mais pas maman Shell. Elle lui faisait son regard d'étincelles. Elle avait pus jamais l'air heureuse de le voir et quand il était là, elle était pas non pus heureuse de me voir.

Papa Mitch jouait pas très bien de la guitare et ça m'a étonnée pasque si c'était mon vrai père y devait forcément avoir le sens de la musique. J'savais qu'il était mauvais pasque j'écoutais les guitares qui jouaient derrière les dames. J'connaissais le son des instruments même si j'connaissais pas leur nom. Dans ces chansons y avait rien que j'avais pas écouté. J'les connaissais toutes tellement que je me disais que si j'avais les instruments, j'pourrais jouer tout ce que j'écoutais depuis que j'étais toute petite. Mais j'aimais bien que papa Mitch joue de la guitare pasque ça me rendait pas nerveuse de chanter. Et j'avais l'impression que mes chansons lui faisaient plaisir alors ça me dérangeait vraiment pas de chanter. J'ai pris l'habitude et papa Mitch est rentré beaucoup plus souvent à la maison.

Le seul ennui c'est que ça plaisait pas du tout à maman Shell. Elle disait que ma voix était trop grosse pour une petite fille comme moi. Elle disait qu'on aurait dit qu'une adulte chantait derrière moi, que je faisais juste semblant. Elle disait que j'fricotais avec papa Mitch et qu'une gamine de sept ans qui chante des chansons d'amour, c'est pas bien.

J'ai commencé à avoir peur de quand papa Mitch rentrait à cause de comment maman Shell était avec nous. Et quand j'avais peur, j'voulais que maman Shell aye du pain à la maison pasque mon ventre faisait plein de bruits. Chanter, c'était la dernière chose qui me restait pour chasser la peur et j'espérais que maman Shell m'enlève pas ça aussi.

Papa Mitch disait que maman Shell souffrait des nerfs. Y disait qu'elle devenait parano et qu'elle faisait des histoires pour tout. Y disait à maman Shell de prendre les comprimés qu'y avait dans le sac de sport qu'y trimballait partout avec lui. Y lui donnait des petites pilules rouges mais les petites pilules rouges la rendaient bête.

Chapitre neuf

Même quand papa Mitch me parlait genti-
ment et chantait avec moi c'était quand même
mieux si l'était pas là et que maman Shell et moi
on était rien que nous deux à faire des courses
et à se vernir les ongles de pied. Maman Shell
oubliait tout, elle dormait à la place de venir me
chercher à l'école. Alors j'rentrais en taxi et je
la réveillais pour qu'elle paie le chauffeur. Mais
j'étais plus heureuse quand on était que nous
deux. C'était toujours plus calme quand papa
Mitch était parti.

J'ai eu huit ans pis neuf, mes souvenirs d'Harmon et de Doris, de Patsy et de Pete disparais-
saient mais celui de maman Linda me faisait
toujours aussi mal. J'savais qu'elle était pas loin
pasque ça m'arrivait de sentir cette huile fleurie
qu'elle mettait. Je la sentais sur les vêtements de
papa Mitch quand y venait me chercher à l'école.
Je la sentais dans la voiture comme si elle était
assise juste à ma place cinq minutes avant.

Un jour j'ai demandé à papa Mitch s'il avait vu

maman Linda pasque j'sentais son odeur dans sa voiture et j'ai cru qu'il allait s'étouffer.

– Pourquoi tu m'demandes un truc pareil? il a dit en toussant. (Ses yeux renfoncés étaient tout grands et l'avait les narines pincées.) Ça fait des années que j'ai pas vu ta maman.

Je savais que c'était pas vrai mais papa Mitch avait pas bon caractère alors j'en ai pus parlé. N'empêche, de temps en temps y sentait cette odeur et j'savais qu'elle était venue, ptête pour demander de mes nouvelles, ptête pour me voir. Mais elle pouvait pus me voir pasqu'elle avait passé un marché comme quoi papa Mitch et maman Shell allaient s'occuper de moi.

J'ai voulu l'appeler une fois du centre commercial pendant que maman Shell essayait tant de vêtements qu'elle m'avait dit que j'pouvais aller m'acheter une glace. Je l'appelais juste pour dire que j'allais bien et que j'savais qu'elle était venue et que ptête elle se faisait du souci pour moi mais comme d'habitude elle était pas là. J'ai laissé le téléphone sonner seize fois mais elle a jamais décroché.

Maman Shell elle aussi avait remarqué l'odeur d'essence de fleur sur papa Mitch, elle a dit alors que j'étais là :

– T'as fricoté avec Linda. Je sens son odeur sur toi. Elle t'a touché.

Papa Mitch a répondu :

– Ces pilules te rendent stupide. (Y m'a regardée.) Ne parle pas de ça devant Leshaya. Leshaya, file prendre ton bain.

J'suis sortie mais j'me suis cachée dans le placard juste à côté de la porte. Z'ont pas remarqué que l'eau coulait pas dans les tuyaux pasqu'y se disputaient. J'ai entendu papa Mitch dire :

— Mon chou, tu sais bien que Linda vient chercher sa came. Bien sûr que tu la sens sur moi. Mais qu'est-ce qui te prend ? Tu deviens de plus en plus bête.

— Linda n'a pas besoin de te toucher pour ça. Tu pues. Tu pues Linda. Tu crois peut-être que Leshaya ne sait pas ? Tu crois peut-être que je sais pas ? C'est toi qui es bête si tu ne t'en rends pas compte !

Papa Mitch a tapé maman Shell et l'est parti. Je l'ai entendu faire démarrer sa voiture très fort et on l'a pas revu pendant longtemps après ça.

Maman Shell prenait encore plus de comprimés. Elle prenait des pilules roses pour dormir, des blanches pour pas être bête à cause des rouges qu'elle prenait pour être heureuse. J'crois qu'aucun des médicaments marchait vraiment.

Quand j'ai eu dix ans en février, comme tous les mois de février dans mon école la prof de musique nous a fait chanter des chansons de negro spiritual et de gospel. D'habitude en musique, j'faisais comme les autres : j'chantais tout bas comme si je m'ennuyais ou alors je criais. Je savais que si j'chantais avec ma vraie voix, j'attirerais trop l'attention alors j'chantais pas vraiment.

Mais cette année-là, j'en ai eu marre de ces chansons qu'étaient toujours pareilles et de ces enfants qui chantaient de façon toujours aussi bête alors j'ai pas du tout chanté et Mme Ringold l'a remarqué. Chaque mardi elle remarquait que j'chantais pas et au final elle a dit que si j'voulais pas participer, j'pouvais prendre la porte et aller chez le directeur. Je savais pas encore pourquoi mais j'allais pas trop bien ce jour-là. J'avais mal au ventre, ça tirait entre mes os et ça me rendait malade. Quand Mme Ringold m'est tombée dessus, j'suis pas restée calme comme d'habitude. J'ai dit :

— D'toute façon, y en a pas un qui chante juste.

— Quoi ? a fait Mme Ringold.

J'ai pas bougé de ma chaise, j'me sentais encore plus mal, j'avais très mal sul côté.

— Y a personne dans cette école qu'est capable de chanter ces chansons. Y chantent tous comme des bébés.

— Eh bien, mademoiselle Leshaya, peut-être pourriez-vous apprendre à la classe à chanter. Et si vous veniez à l'estrade pour chanter cette chanson comme elle doit être chantée ?

Mme Ringold s'imaginait qu'elle m'avait bien eue alors j'me suis avancée très sûre de moi en oubliant ma douleur au côté et je me suis mise face aux autres. Et j'ai chanté «*My Lord, What a Morning*» assez fort pour que toute l'école entende.

Après, personne a rien dit. Y sont restés sans bouger pendant une minute au moins, j'me sentais fière mais j'étais malade. J'avais l'impression que mes boyaux allaient me tomber entre les jambes.

Et pis la classe m'a applaudie longtemps, même si Mme Ringold levait les mains pour qu'y z'arrêtent.

Pis elle a finalement dit d'une voix tout étonnée et sans respirer :

— Eh bien, mademoiselle Leshaya, de ma vie,

jamais je n'ai entendu de voix aussi belle, aussi forte, sortir d'une telle…

– S'cusez-moi, j'ai dit.

J'étais furieuse de rater cet instant de gloire mais j'savais qu'il allait se passer un truc et que j'avais besoin de toilettes pour ça alors j'ai couru. J'savais pas si je devais m'asseoir ou rester debout pasque j'savais pas par quel côté j'allais être malade. Pour finir j'me suis assise et j'ai vu du sang dans ma culotte.

J'avais dix ans quand j'ai eu mes règles. J'avais des seins plus gros que maman Shell et j'étais presque aussi grande qu'elle. À cause de ma voix d'adulte et de mon corps je me suis même dit que maman Linda s'était ptête trompée sur mon âge et que j'avais quinze ans et pas dix. Mais maman Shell a dit que non, les filles étaient comme ça. «Certaines grandissent plus vite que d'autres», elle a dit en me regardant de partout, la figure toute déçue.

Après ça j'ai pus été la même en classe de musique avec Mme Ringold. J'étais insolente, je parlais tout fort, je donnais mon avis sur tout et je cachais pus ma voix. Maman Shell disait que quand les filles ont leurs règles, elles deviennent bêtes et qu'elles exagèrent à cause des hormones dans leur corps. Mais d'toute façon, j'avais toujours l'impression d'être bête.

À l'école tout le monde avait entendu ce qu'j'avais fait ce jour-là. Mme Ringold est arrivée tôt le lendemain et elle est venue me chercher en classe pour parler.

Elle m'a fait asseoir dans le bureau du directeur et elle s'est assise à la place du directeur.

J'regardais tout autour de moi en me demandant où l'était passé, lui.

– Comment se fait-il que tu n'aies jamais chanté comme ça ? elle m'a demandé.

Je me suis penchée pour poser mes bras sul bureau. C'était comme si j'avais le même âge qu'elle pisqu'assise j'faisais la même taille, que j'avais mes règles et que maman Shell disait que ça faisait de moi une femme.

J'lui ai dit :

– Au début j'faisais juste comme les autres mais j'en ai eu ma claque. Faut leur apprendre à chanter, pas juste leur apprendre les chansons. Y chantent tous comme si y criaient ou qu'y s'ennuyaient. Chaque chanson est différente. Chaque chanson est spéciale et y savent faire que deux choses : crier ou s'ennuyer. Faut aussi nous trouver des meilleures chansons. On en a notre claque de vos vieilles chansons. Ça fait trois ans qu'on les chante.

Mme Ringold a pas eu l'air d'apprécier mon conseil mais j'm'en foutais. J'étais déjà dans le bureau du directeur, elle pouvait rien faire de plus.

Elle m'a demandé où j'avais appris à chanter. Elle voulait savoir qui c'était ma prof de chant. J'ai dit :

– Ma prof de chant, c'est Etta James.

– Eh bien, j'aimerais rencontrer cette mademoiselle James. Elle a fait un travail formidable.

– Oui, m'dame. Mais vous pouvez pas la rencontrer pasqu'elle est morte ou célèbre, j'sais pas. J'ai appris avec elle sur mes cassettes.

J'ai sorti ma cassette d'Etta James de mon sac à dos qu'était à mes pieds et j'lui ai donnée. Je l'écoutais pus beaucoup, je la gardais juste avec moi pour me tenir compagnie. J'entendais sa voix et ses chansons dans ma tête sans la cassette. Mais quand Mme Ringold m'a demandé si elle pouvait l'emmener chez elle pour les écouter, j'ai pas pu. J'ai sauté de mon siège et j'ai repris la cassette.

– Vous pouvez vous acheter la même au magasin de musique, j'ai dit.

J'aurais pas pu être plus insolente, mais Mme Ringold a rien dit.

Je me sentais forte à cause de ce que j'lui avais dit. Je me sentais puissante, là avec ma cassette d'Etta James qu'elle pouvait pas prendre. J'ai regardé sa figure avide et j'ai pensé : *Personne pourra pus me kidnapper et me prendre ce que j'aime le plus si j'suis tout le temps forte comme ça.* Et c'est ce qui s'est passé. J'avais compris ce qu'y fallait faire pour avoir ce que je voulais. J'ai grandi en un instant. En un instant, j'ai pris ma vie en main.

Chapitre dix

Les deux années d'après je suis devenue célèbre dans ma ville en chantant. Je chantais seule à toutes les chorales et Mme Ringold me réservait toujours pour la fin. Elle disait qu'elle aimait faire grandir l'impatience. Le public criait quand je descendais les gradins et des fois y restait même debout. C'était toujours des chansons populaires, des trucs que j'aimais pas vraiment chanter mais Mme Ringold disait que les parents venaient écouter des chansons populaires. Je chantais quand même pasque j'adorais avoir toute l'attention sur moi. J'adorais les applaudissements du public, j'adorais qu'y se mettent debout pour moi. Deux fois j'ai chanté au mariage d'un prof et là aussi, z'ont vachement aimé. Tous les profs étaient fiers de moi, comme si toute l'école était célèbre et différente à cause de ma voix.

La seule personne qu'aimait pas que tout le monde me regarde c'était maman Shell. Ça la rendait furieuse que j'aye tout le temps ma photo dans les journaux. Un jour une chaîne de télévision est venue faire un reportage sur moi à l'école, z'ont dit que j'avais juste onze ans et que j'chantais comme Aretha Franklin. Maman Shell était sûre que quelqu'un allait se rendre compte qu'elle m'avait volée. Elle aimait pas qu'on dise mon âge à la télévision, qu'on me pose des questions et qu'on m'enregistre quand j'chantais.

Je disais à maman Shell d'arrêter de s'inquiéter pasque j'avais vraiment changé. Depuis que j'avais onze ans je portais tout le temps des minuscules tresses. Maman Shell les refaisait toutes les deux semaines et on aurait dit qu'elle m'enfonçait des tiges en métal dans le crâne à chaque fois qu'elle m'en défaisait une. Ça me faisait mal de bouger les cheveux qu'avaient été tordus si longtemps mais j'adorais les tresses. Maman Shell voulait toujours me faire d'autres coiffures mais j'voulais pas. J'aimais que les toutes petites tresses.

À douze ans j'ai été au collège et là y avait plus juste mes cheveux qu'étaient différents. J'ai obligé maman Shell à m'acheter d'autres vêtements aussi. J'voulais qu'on voye mes gros seins et mon beau cul rond comme les autres Noires de l'école. J'étais pas comme maman Linda, toute maigre et sans seins, j'étais fière de comment j'étais. Maman Shell disait que j'ressemblais à maman Linda habillée comme ça, ce qui montre que vraiment ses pilules la rendaient bête.

Avec mes chaussures, j'étais plus grande que presque tous mes profs et que maman Shell et ça non pus elle aimait pas. J'mettais de l'eyeliner et du fard à paupières, du mascara et du brillant à lèvres, j'avais des grosses lèvres luisantes et ça me donnait l'impression d'être noire. Habillée et coiffée comme ça, j'avais l'impression que tout mon corps était noir. C'était la première fois de ma vie que j'me sentais bien dans mon corps.

Maman Shell arrêtait pas de me disputer à cause de comment je me comportais et je m'habillais. Un après-midi où y pleuvait elle m'a fait asseoir à la table de la cuisine et elle m'a dit avec un regard méchant :

– On doit faire quelque chose, Leshaya.

Ses sourcils étaient rapprochés comme si elle était en colère mais elle avait l'air si ridée et si pâle sans son maquillage rose et sans crayon autour des yeux pour faire ressortir ses sourcils blonds que j'pensais pas que sa colère serait très grave.

– Qu'est-ce qu'y a ? Faire queque chose pour quoi ?

– Je veux retrouver ma petite fille, elle m'a dit avec un regard méchant. C'est pas ça que j'avais échangé. Tu ne devais pas ressembler à ça si vite, elle a dit en montrant ma poitrine.

J'ai haussé les épaules et j'me suis reculée sur ma chaise.

– J'y peux rien à la façon que j'ai changé, maman Shell.

– Si tu étais *vraiment* ma fille, tu ne ressemblerais pas à ça.

J'ai levé le menton.

– Et j'ressemblerais à quoi ?

– Ma petite fille, ma petite fille…

Y avait des larmes sur ses joues. Elles ont jailli d'un coup et elles se sont mises à couler. Elle est devenue toute rouge, elle avait pas l'air bien. J'me suis dit qu'elle avait besoin d'une pilule pour les nerfs.

– Où sont tes médicaments, maman Shell ? J'vais te chercher un comprimé.

La main de maman Shell s'est levée et elle m'a tapée.

– J'ai pas besoin de ces saloperies de pilules ! Je peux plus te contrôler à cause de ces pilules !

J'ai bondi de ma chaise, la main sur ma joue brûlante. Maman Shell s'est jetée sur moi, elle m'a attrapée par l'autre main et elle m'a tirée vers elle. Elle a gémi :

– Je veux te parler de ma petite fille, de ma petite fille. J'ai eu une petite fille.

– Hein ? En plus de moi ?

J'me suis rassise mais assez loin pour qu'elle puisse pus m'attraper.

Maman Shell a hoché la tête.

– Elle avait des cheveux noirs et des yeux comme Mitch, mais elle avait des taches de rousseur sur le nez et des petites lèvres comme moi, c'était l'enfant la plus douce et la plus heureuse qui existait. (Maman Shell a fermé les yeux et s'est pincé le nez comme si ça allait garder ses larmes. Elle secouait la tête.) Elle était tellement gentille. Elle adorait jouer aux Barbie. (Elle a ouvert les yeux et d'un air furieux elle a dit) : tu n'as jamais aimé ça ! La seule poupée que tu aimes, c'est ta Doris ! Tu ne m'as jamais aimée ! Tu ne m'as jamais dit que tu m'aimais !

J'ai croisé les bras sans rien répondre.

C'était vrai, ce qu'elle disait. J'lui avais jamais dit que je l'aimais pasqu'à part les dames et Harmon, je ressentais d'amour pour personne. J'essayais de pas y penser mais des fois j'me disais qu'y avait pas d'amour en moi. C'était comme si je ressentais que de la colère.

J'ai regardé maman Shell se lever et s'accrocher à la table pour pas tomber.

– Où est mon bon sang de mouchoir? elle a demandé.

Elle a marché vers le comptoir les bras tendus comme si elle était aveugle et ses mains tremblaient alors qu'elle cherchait sul comptoir et dans les placards. Elle était vraiment shootée. Elle a trouvé des mouchoirs en papier dans la boîte à pain et elle est revenue en tombant presque avec les mouchoirs qui tremblaient dans sa main.

– De quelle couleur était ta petite fille? j'ai demandé.

J'étais pas sûre qu'elle aye vraiment existé mais j'ai demandé ça pour lui faire oublier que j'l'aimais pas et aussi pasque ça m'intéressait.

Maman Shell s'est mouchée et s'est rassise.

– Elle était café au lait, elle a dit, les yeux encore pleins de larmes. Elle avait une peau magnifique, si douce. Elle n'avait pas un seul poil sur les bras.

Je me suis crispée en entendant ça. Je me suis penchée sans pus penser que je devais rester loin d'elle.

– Alle est où maintenant?

– Elle est morte. (Maman Shell s'est encore pincé le nez.) Elle a fait une crise cardiaque. Mon bébé a fait une crise cardiaque.

– Une crise cardiaque? Quel âge elle avait?

– Sept ans. Elle avait à peine sept ans. On ne meurt pas d'une crise cardiaque à sept ans normalement, non?

Maman Shell m'a regardée comme si elle attendait que j'réponde à ça.

Je savais pas quoi répondre. Je me suis rassise et j'ai soufflé. J'savais pas pourquoi mais j'étais contente qu'elle soye morte. Ptête pasque j'avais pas envie de voir la fille café au lait de papa Mitch.

Maman Shell a mis sa tête entre ses bras, du coup c'était comme si elle parlait par terre et elle a dit :

— J'veux qu'on me rende ma petite fille, j'veux qu'on me rende ma petite fille.

Je savais pas si elle parlait de moi ou de sa fille mais ça avait pas d'importance. Elle voulait une petite fille sauf que j'pouvais pus être petite. J'savais trop de choses.

Chapitre onze

Je m'étais fait des nouveaux amis à l'école mais c'était pas comme avec Harmon avant. De toute façon j'arrivais pas à garder un ami plus de deux semaines. Dès que j'en avais un, j'me sentais toute drôle et j'me disais que cette fois, ça allait durer et qu'on serait amis pour toujours. Mais on se disputait même si c'était pas ma faute. J'y pouvais rien si leurs jouets et leurs affaires étaient pas solides et se cassaient tout seuls et si j'avais juste poussé un peu Lizzy quand elle était tombée et qu'elle s'était cassé le poignet comme si je l'avais poussée fort. Y se passait toujours des trucs comme ça et c'était sur moi que ça retombait. Mais c'était pas grave pasque j'avais pas besoin d'amis. J'avais Etta, Odetta et Aretha.

Sauf que mes amies du collège étaient pas pareilles. Elles me suivaient partout comme des petits chiens, elles voulaient être avec moi pasque j'avais l'air grande, pasque j'avais cette voix et pasque j'faisais vraiment ma petite salope, que j'étais insolente. Elles pensaient que j'faisais la fière. Et y avait pas que les filles qui me couraient après. Les garçons aussi voulaient être avec moi et me toucher, surtout les grands. Z'arrêtaient pas de me dire que j'étais jolie, que j'avais des beaux yeux et des beaux cheveux mais y regardaient pas ma figure : y regardaient mes seins.

Ça me faisait drôle qu'y me regardent comme ça alors j'les frappais quand y mettaient leurs yeux là où y fallait pas. Mais y continuaient quand même à me draguer. Alors à faire l'insolente comme ça et à chanter comme je chantais, j'ai eu plus d'amis et j'ai plus attiré l'attention que c'était jamais arrivé.

Pis maman Shell a eu l'idée de partir. Elle a dit à papa Mitch qu'elle voulait déménager.

– Il faut qu'on parte d'ici, elle a dit en rampant vers papa Mitch qu'était assis sul canapé. Je ne sais pas ce que je vais faire si on reste ici. Il faut qu'on parte vite, Mitch. Ça commence à sentir mauvais. Tu l'as dit toi-même. Allez, Mitch, on s'en va! (Elle gémissait et tirait sur sa manche.) On s'en va d'ici!

Papa Mitch l'a repoussée et a dit :

– Shell, j'peux pas partir. Je fais des affaires ici, des bonnes affaires.

– Mais tu as dit que les flics commençaient à nous avoir à l'œil! Ils nous ont à l'œil! Il faut qu'on parte!

Dès que papa Mitch rentrait, maman Shell lui parlait de déménager alors papa Mitch est pus rentré. Maman Shell a dit un jour qu'on allait déménager sans lui mais on l'a pas fait. Moi j'étais d'accord avec maman Shell. Je voyais pas les flics qui nous tenaient à l'œil mais j'voyais les risques qu'elle prenait au centre commercial. Elle faisait plus du tout attention quand elle piquait des trucs et deux fois elle s'est fait prendre par des vendeurs mais elle a réussi à partir. Je commençais à avoir peur d'aller dans les magasins avec elle. J'étais sûre qu'un jour un gardien du centre commercial allait la mettre en prison.

J'essayais d'avoir des excuses pour pas aller dans les mêmes magasins qu'elle, par exemple dire que j'allais regarder les livres ou un autre machin qu'elle aimait pas. Alors elle me laissait tranquille et j'me promenais, j'allais essayer un rouge à lèvres ou des échantillons de parfum et j'appelais maman Linda dans les cabines sans jamais avoir au bout du fil que des sonneries et encore des sonneries. Un jour au centre commercial j'ai entendu chanter. Y avait un groupe de gospel, alors j'ai dit à maman Shell que j'allais écouter.

— Va faire tes courses, j'ai dit, j'te retrouve à l'alimentation.

J'ai pas attendu qu'elle dise oui, j'étais trop attirée par la musique. J'suis partie en courant.

J'ai trouvé le groupe devant la fontaine de l'alimentation. Z'étaient en rangs sur deux estrades et y chantaient en se balançant, z'étaient tous noirs et bien habillés, les hommes et les petits garçons en costume, les femmes et les petites filles en robe. Y avait des chaises devant eux et y semblait pas qu'on devait payer alors j'me suis installée et j'ai écouté.

Y avait des bons chanteurs, des très bons même. À les entendre chanter, à voir le public se tenir par les bras et se balancer en disant «amen», ça m'a donné envie de monter sur l'estrade et de chanter moi aussi. J'avais envie de leur montrer comment j'chantais bien. C'était si fort en moi que ça me faisait mal à la gorge comme si y avait une chanson coincée dedans. J'avais jamais chanté de vrai gospel à l'école et maman Shell et papa Mitch allaient jamais à l'église. J'avais une envie atroce de me lever et de chanter. À les entendre, j'avais l'impression d'être avec Doris et Harmon à l'église. J'ai fermé les yeux et j'ai vraiment eu l'impression d'être avec eux. Et ptête pasque j'pensais à Doris et à Harmon, j'ai remarqué un gars au troisième rang qu'avait exactement les mêmes yeux qu'Harmon. Grands et ronds avec des cils très très longs et la même douceur qu'Harmon. Mais le gars était grand, large et fort avec des grosses épaules et y portait un costume trop petit pour lui. Je m'en suis aperçue quand y s'est avancé pour jouer de sa trompette. On voyait les poignets de sa chemise, on aurait dit que ses épaules allaient faire éclater ses manches. L'avait pas l'air à l'aise. Y transpirait beaucoup de la tête mais y jouait bien. J'pouvais pas regarder autre chose et j'ai remarqué qu'il arrêtait pas de jeter des coups d'œil vers moi. La deuxième fois qu'il a joué de la trompette, au moment où il allait repartir à sa place, le chef du groupe a tendu la main pour le présenter et l'a dit :

— Mesdames et messieurs, Harmon James.

J'ai bondi de ma chaise sans pus penser où j'étais et j'ai crié : «Harmon!» Les autres gens du public se sont mis debout et ont applaudi, mais moi, je le montrais du doigt et je criais son nom. Je me comportais comme si j'étais pas normale. Au milieu du spectacle j'ai quitté ma chaise, j'ai couru sur l'estrade et j'ai attrapé mon Harmon.

Les chanteurs ont dû croire que j'étais folle pasqu'y m'ont séparée de lui mais j'ai crié :

– Harmon, c'est moi, c'est Leshaya !

Harmon a reculé. Y me regardait mais y faisait non de la tête comme s'y me connaissait pas. Pis j'ai compris. Y savait pas, pour Leshaya.

– J'veux dire, c'est Janie ! Harmon, c'est Janie de la maison puante ! Tu te souviens ? De chez Patsy et Pete ! Harmon, c'est moi !

Pendant tout le temps où j'disais ça, les chanteurs de gospel me tenaient, y protégeaient Harmon. J'sentais les larmes rouler sur mes joues et j'arrêtais pas de répéter :

– Harmon, c'est Janie, c'est Janie !

J'ai eu l'impression qu'y se passait une éternité avant qu'y dise :

– Janie ?

Comme s'y comprenait enfin.

Et enfin, enfin, on s'est jetés dans les bras l'un de l'autre, on pleurait, Harmon voulait savoir ce que j'étais devenue mais le chef a dit qu'Harmon devait terminer son concert. Harmon et moi on a dit qu'on était désolés et j'suis descendue de l'estrade. Le public a applaudi et j'ai remarqué qu'y avait beaucoup plus de monde, que maintenant toutes les chaises étaient prises et qu'y avait d'autres gens debout.

Après ça j'avais pus envie de chanter. J'avais juste envie de parler à Harmon, c'étaient pus des sons coincés dans ma gorge mais des mots. J'avais l'impression que le concert allait jamais finir mais enfin Harmon et moi on s'est retrouvés. J'ai pleuré et je l'ai serré dans mes bras, lui aussi et au milieu de ça, je lui ai dit où j'habitais et ce qui m'était arrivé, y m'a dit comment sa vie était agréable avec sa maman et son papa et qu'il avait un petit frère, maintenant.

Le truc bizarre en plus de le voir grand et fort comme ça, c'était sa façon de parler. Y parlait pus comme moi. Y parlait bien comme ses parents. Y parlait comme dans un livre. Y m'a dit qu'y chantait avec son église et qu'y jouait de la trompette dans l'orchestre du lycée et à l'entendre, ma gorge s'est serrée et j'ai eu envie d'une boule de pain.

– Écoute-toi parler, Harmon. T'es pus le même. T'es heureux, tu souris. J'ai jamais vu quelqu'un sourire comme ça.

– J'ai beaucoup de chance, il a dit en hochant la tête trop fort.

Il arrêtait pas de hocher la tête en me regardant et il a dit :

– Toi aussi tu es très différente. Tu fais plus vieille que moi maintenant. Je n'en reviens pas, Janie.

– J'suis Leshaya, maintenant. J'ai pris le nom de la fille de Doris qu'est morte. Tu savais que sa fille est morte ?

Harmon a baissé la tête comme s'il priait.

– Bien sûr.

Pis y m'a encore regardée et l'avait un regard heureux et doux, et en même temps l'avait l'air désolé.

– Doris a déménagé quelques mois après la mort de sa fille. Elle est partie vivre dans le Wisconsin. Une autre assistante sociale est venue me voir pendant cette année-là, puis ça n'a plus été nécessaire parce que maman et papa m'ont adopté.

On a parlé tout le temps qu'on a pu, on s'est

donné nos numéros de téléphone mais je l'ai prévenu que j'risquais de déménager pisque maman Shell arrêtait pas de le dire. Je lui ai parlé de ma voix et de la musique qu'étaient toujours ce qu'y avait de meilleur pour moi. J'avais rien trouvé de meilleur que chanter avec mon cœur, j'ai dit à Harmon et il a encore hoché la tête trop fort, comme s'y pensait à plein de choses à la fois et qu'y se rendait pas compte de ce qu'y faisait.

Je lui ai parlé de maman Shell et de papa Mitch, de l'école, mais j'ai pas dit mon comportement insolent pasque j'voyais qu'Harmon était quelqu'un de bien et qu'il aimerait pas savoir comment je faisais. Du coup je me suis sentie triste pasqu'on avait toujours été proches et pas tout lui dire sur moi, c'était mettre entre nous un truc qu'existait pas avant. Mais j'pouvais pas faire autrement. Je voulais qu'y soye fier de moi alors je me suis tenue bien droite, les pieds serrés, les mains derrière le dos et comme sa voix était douce et calme, j'ai fait pareil avec la mienne.

Pis le chef du groupe est venu nous dire qu'on avait cinq minutes avant qu'y repartent avec les bus. J'ai attrapé Harmon, y m'a serrée contre lui et il a dit :

— Je t'aime, Leshaya. Je t'aime encore plus que les dames.

J'ai pleuré dans son costume tout froissé, y m'a dit au revoir et je lui ai dit que je l'aimais encore plus que les dames, moi aussi. Mais quand je l'ai regardé partir, j'ai su que c'était pas vrai. J'aimais toujours Harmon, mais j'aimais encore plus les dames.

Chapitre douze

J'avais pas vu que maman Shell m'espionnait. J'étais en train d'agiter la main vers Harmon quand elle est arrivée et elle m'a presque fait sauter au plafond tant j'ai eu peur.

– À qui tu dis au revoir ? elle a demandé. Quelqu'un de l'école ? Tu retrouves des garçons au centre commercial, hein ? C'est pour ça que tu pars à chaque fois qu'on va faire des courses ?

– Non, m'man. C'est pas ça, j'te jure.

Maman Shell m'a giflée.

– Ne jure pas. Tu mens. Je t'ai vue avec lui. Je t'ai vue presque dans ses bras devant tout le monde. Viens, maintenant !

Elle m'a tirée dans tout le centre commercial et le parking, j'aurais pu me dégager et m'enfuir. Je l'ai pas fait, mais j'ai pas dit non pus que j'avais retrouvé Harmon. Elle était déjà tant parano qu'elle aurait imaginé qu'Harmon allait raconter à la police qu'elle m'avait kidnappée. Elle a pas dit un mot dans la voiture mais à la maison, elle m'a frappée plein de fois et elle m'a dit que j'avais intérêt à pus m'approcher des mauvais garçons et qu'y z'avaient pas intérêt à me toucher. Je l'ai laissée me frapper un peu pisque ça me faisait pas mal et qu'elle avait besoin de ça. Pis elle m'a dit de disparaître de sa vue, alors j'ai filé dans ma chambre.

J'ai pris ma poupée Doris et mes écouteurs, j'ai mis ma cassette d'Etta James et j'ai laissé sa voix entrer en moi. J'ai laissé sa musique aller jusque dans mon âme. J'ai pris une grande bouffée d'air et j'ai soufflé, et tout a été à nouveau bien. J'ai écouté un moment Etta, Billy Holiday et Odetta, et à la fin j'ai été assez calme pour penser à Harmon.

L'était d'un côté différent et d'un autre côté le même. L'avait grandi mais moi aussi. L'avait un ton tout lisse comme s'y l'était prof. Ça me faisait drôle, comme si on venait pus du même endroit. C'est lui qui m'avait appris à parler et là l'avait changé, son ton avait changé. L'avait une voix douce et prétentieuse. J'imaginais pas une voix comme ça crier. C'était devenu un bon et gentil garçon et me retrouver à côté de lui, ça m'a donné l'impression de pas être assez bien.

Les dames m'avaient jamais fait ça. Elles changeaient jamais rien en moi. Elles chantaient, c'est tout. Elles me donnaient ce que j'avais de plus important dans ma vie. Elles me donnaient leurs voix et leurs chansons. Y avait rien de mieux au monde que ça.

Alors si j'pouvais chanter tout le temps, si je pouvais être comme les dames et gagner ma vie à chanter, chanter toute ma vie, je m'en foutais de pas être aussi bien qu'Harmon. Rien comptait plus pour moi que chanter et que des gens m'écoutent. Y avait rien au monde qu'était mieux que chanter.

Chapitre treize

J'avais toujours cru que j'habiterais avec maman Shell et papa Mitch jusqu'à ce que j'soye grande mais à douze ans, ça a été terminé, je les ai plus jamais revus.

Tout a commencé quand papa Mitch s'est mis à travailler à la maison. Maman Shell et lui ont descendu des caisses et des sacs à la cave un après-midi et quand j'ai demandé ce qui se passait, maman Shell m'a fait ses yeux pleins d'étincelles, elle a dit que papa Mitch revenait à la maison et qu'à partir de maintenant on le verrait beaucoup plus.

Papa Mitch a dit :

— Et toi, viens pas fourrer ton nez à la cave. Compris ?

— Oui, papa Mitch. J'ai compris mais qu'est-ce que vous emmenez dans l'escalier ?

— Ça te regarde pas. Reste en dehors de ça et t'auras pas d'ennuis.

— Oui, p'pa.

Pour les ennuis, j'sais pas, en tout cas lui y l'était

très occupé. Des gens venaient tout le temps le voir mais c'était pas toujours des gens bien. Y avait des types branchés en beau costume qui se promenaient dans la maison comme si c'était chez eux mais d'habitude c'étaient des gens mal habillés qu'avaient l'air de vivre dans la rue. Si papa Mitch était pas là, y commençaient à trembler, y devenaient tout nerveux, y tournaient autour de la maison et y surveillaient la route pour voir si papa Mitch revenait.

Quand j'étais plus petite papa Mitch m'avait dit qu'il était représentant et quand je lui ai demandé ce qu'y vendait, il a répondu : « La vie. » Et l'avait rigolé comme si c'était drôle mais ce rire me faisait peur alors j'en ai pus jamais parlé. J'étais toute petite quand j'avais posé cette question mais à douze ans, presque treize, je savais ce qu'y vendait. Mais c'est seulement un jour que j'suis rentrée plus tôt en taxi de l'école pasqu'y avait eu un incendie à la cafétéria que j'ai su pour de bon. J'suis pas arrivée à l'heure normale. Je payais le taxi avec l'argent de secours de maman Shell pour quand elle venait pas me chercher, et qui j'ai vu en train de supplier et de s'accrocher à papa Mitch dans le jardin ? Maman Linda.

Je me suis cachée et j'ai écouté maman Linda couiner, dire qu'elle devrait avoir ce qu'elle voulait quand elle voulait.

Papa Mitch a ri et il a dit :

— Ma chérie, ça marche pas comme ça. C'est déjà bien que j'te file de la dope gratuite. Et je t'en donnerai pas plus parce que t'es en manque. Je te l'ai déjà dit.

— Gratuite ! a hurlé maman Linda. Vous avez

Janie ! Je vous ai donné ma Janie ! J'ai rien de gratuit ! J'ai toute ma vie à passer sans ma Janie !

– Pas de ça avec moi, a lancé papa Mitch. Ça marche pas. Tu l'as échangée contre de l'héroïne. Tu as vendu ta fille pour de l'héroïne !

Maman Linda pleurait et je les ai entendus partir derrière la maison. Je me suis approchée pour écouter encore.

J'avais raté queque chose pasque quand je les ai entendus, papa Mitch criait sur maman Linda. Y disait :

– Tu la veux ? Reprends-la ! Vas-y, reprends-la ! On n'a pas besoin d'elle ! Vas-y ! J'en ai marre de toi ! Prends ta fille et tire-toi !

Pis maman Linda a dit qu'elle le pensait pas vraiment, qu'il en avait pas si marre que ça le mois dernier et elle a pris une autre voix toute douce et sexy, elle criait pus mais papa Mitch a rien voulu savoir. L'a dit :

– J'te donnerai rien ! Viens plus traîner par ici ! Tu veux Leshaya, prends-la ! Tu veux pas, c'est ton problème ! La boutique est fermée ! À partir de maintenant, tu peux aller chercher ta came ailleurs !

Papa Mitch s'est enfermé dans la maison, maman Linda a tapé à la porte et quand elle a arrêté, elle a dit :

– Tu vas le regretter ! Tu vas vraiment le regretter !

Ça faisait plus de cinq ans que j'avais pas vu ma maman et je l'avais eue au téléphone qu'une seule fois malgré toutes les fois que j'avais appelé du centre commercial mais ce jour-là, elle était trop shootée pour parler. Alors quand j'ai su qu'elle partait, j'ai fait le tour de la maison et je l'ai regardée vraiment. Elle a marché vers moi, elle bougeait pas les yeux, elle voyait même pas qui j'étais. Elle tenait pas trop debout, elle était si maigre qu'on voyait ses veines toutes grosses sur son front, on aurait dit qu'elle avait des yeux trop grands, pareil pour sa tête. Elle avait les cheveux coincés sous une casquette de base-ball mais deux mèches grasses pendaient de chaque côté de sa figure.

Quand elle a presque été à ma hauteur, j'ai dit :
— Maman ?

Elle s'est arrêtée, elle m'a regardée de haut en bas et elle a dit :
— Janie ?

J'ai hoché la tête et maman Linda m'a encore regardée. Tout le blanc de ses yeux était rouge, j'savais pas comment elle faisait pour voir.
— Tu es exactement comme moi à ton âge. Quel âge tu as ? Seize ans ? Dix-sept ?
— Douze ans.
— Oh ! (Elle s'est retournée pour voir si on nous entendait et elle a dit :) tu peux me rendre un service ? Tu sais où Mitch cache son matos ? Tu sais comment lui prendre du matos ?

Maman Linda parlait vite et tout bas en me serrant trop fort les bras. J'sentais un courant électrique passer d'elle à moi. Je le sentais dans mes bras et ça me faisait mal.
— Il faut que tu me trouves...

J'ai retiré mes bras mais elle y accrochait encore ses mains et j'ai tiré fort pour me dégager.

Et j'ai rien dit. J'suis partie, c'est tout.

Chapitre quatorze

J'avais plein de trucs dans ma tête ce jour-là mais c'était pas à cause de maman Linda. J'allais pas laisser ce qu'elle m'avait fait – m'échanger contre de la drogue – entrer en moi. J'me suis blottie dans une couche de plus, une couche de «j'en ai rien à foutre» et j'ai attendu papa Mitch dans le salon. J'voulais savoir si pour de bon, c'était mon vrai papa. Je lui avais jamais vraiment demandé à cause de son mauvais caractère mais là, c'était moi qu'avais mauvais caractère et j'voulais savoir pisque s'il l'était pas, je partais.

Papa Mitch a passé la journée à monter et descendre l'escalier de la cave pour des drogués en manque qui voulaient leur shoot. Y savait pas que j'étais rentrée plus tôt et quand maman Shell s'est réveillée, elle était trop sonnée pour savoir depuis quand j'étais là.

Papa Mitch a arrêté vers cinq heures. Je l'attendais. J'me suis plantée devant lui et j'ai posé ma question. J'ai demandé :

– J'suis ta fille ? Tu m'as eue avec maman Linda ou pas ?

– Hein ?

Papa Mitch a levé la tête du canapé.

J'me tenais devant lui bras croisés pour qu'y voye comment j'étais sérieuse. Je voulais une réponse.

– T'es mon papa ou non ?

– Quoi ? Tu veux dire ton père naturel ? Tu me demandes si j'suis vraiment ton père ?

– Ouais. Alors ?

– Ma fille, mais d'où tu sors cette idée ? Bien sûr que non, j'suis pas ton père ! Tu te souviens pas de comment on t'a eue ?

Je m'en souvenais mais j'ai rien dit. De toute façon, rien pouvait sortir par ma bouche. Même pas de l'air, j'crois. Je suis partie sans dire un mot, je suis montée dans ma chambre, j'ai mis les dames et je les ai écoutées toute la nuit jusqu'au matin et j'ai même pas pensé à ma fugue pasque j'voulais pas penser. Je me suis levée sans dire un mot, ça a gêné personne. J'ai été à l'école et là non pus, j'ai pas parlé. J'parlais pas, j'pensais pas. J'ai juste gribouillé sur une feuille, j'ai écrit Leshaya partout et je dessinais des petites étoiles autour de mon nom, des trucs comme ça. À la fin de la journée, personne m'attendait alors j'ai pris un taxi comme d'habitude. Mais cette fois le chauffeur a pas pu s'avancer dans la rue pasque des voitures de police bloquaient tout. J'ai payé le taxi et pis j'ai marché vers les voitures qu'avaient toutes l'air d'être devant la maison.

Quand j'ai été assez près, j'ai vu que les flics avaient arrêté maman Shell et papa Mitch et qu'y les emmenaient vers les voitures avec des menottes. Derrière eux, d'autres flics sortaient les caisses et les sacs de la cave.

Des voisins que j'avais jamais vus étaient dehors pour regarder, y avait toute une foule et moi j'étais au milieu. J'ai reculé derrière un arbre et j'ai vu maman Shell et papa Mitch dans les voitures de police. Les voisins ont applaudi les flics quand y sont partis.

Quand y a pus eu personne j'suis rentrée dans la maison. J'ai mis le plus d'affaires possible dans mon sac à dos et un sac à linge pis j'ai cherché de l'argent et j'ai trouvé une boîte à chaussures pleine dans la chambre de papa Mitch. On trouvait toujours des bonnes choses dans les boîtes à chaussures. On aurait dit que papa Mitch avait attaqué une banque tant y avait d'argent. J'ai tout pris, j'en ai mis dans mes poches et dans mon sac à dos et j'ai laissé le reste dans la boîte à chaussures que j'ai cachée à l'intérieur du sac à linge.

J'ai appelé un autre taxi et j'ai dit au chauffeur de me conduire à la gare routière. Avec tout mon argent, j'pouvais prendre un avion pour où je voulais. Sauf que j'pouvais pas prendre d'avion jusqu'à Tuscaloosa, où habitait Harmon, qu'était la seule personne que j'connaissais pisque Tuscaloosa était qu'à une heure de bus. Là-bas, j'ai repris un taxi pour l'adresse qu'Harmon m'avait donnée au centre commercial.

Le taxi m'a laissée devant une grande maison avec une immense, immense pelouse. Y faisait nuit mais y avait plein de lumière dans l'allée de la maison et dans la maison. J'me suis pas pressée pour arriver à la porte pasque je me demandais si c'était la bonne adresse. À la porte, j'ai eu trop peur pour sonner alors j'me suis approchée d'une fenêtre et j'ai regardé dedans. Y avait un beau salon avec plein de fauteuils couverts de trucs à fleurs et des rideaux en velours aux fenêtres, ça avait l'air chaud et confortable. J'ai vu personne alors j'ai été à une autre fenêtre. J'ai regardé dans la cuisine et là j'ai vu Mme James s'essuyer les mains sur un torchon, M. James et Harmon à l'évier en train de faire la vaisselle et le petit frère debout sur sa chaise, qui tendait les bras vers sa maman. C'était la bonne maison. J'suis repartie à la porte et, très vite, avant d'avoir trop peur et de partir en courant, j'ai sonné.

Mme James est venue ouvrir la porte. Elle avait le petit frère dans les bras.

— Bonjour, elle a dit. Je peux vous aider ?

On aurait dit que j'étais dans un magasin avec maman Shell. Les vendeuses étaient toujours derrière nous à nous demander si elles pouvaient nous aider. On disait toujours non et on les regardait d'un air ennuyé pour qu'elles s'en aillent mais chez Harmon, j'ai fait un grand sourire et j'ai dit :

— J'viens voir Harmon. (J'ai tendu la main.) Moi c'est Leshaya. J'connais Harmon de quand on était chez Pete et Patsy.

Mme James a reculé pour me laisser entrer.

— Oui, Harmon nous a dit qu'il vous avait rencontrée il y a un mois ou deux au centre commercial de Birmingham. Entrez, entrez. (Elle a appelé Harmon.) Harmon, tu as de la visite ! Quelqu'un que tu aimes beaucoup.

Mme James avait une voix qui chantait et elle était habillée comme si elle sortait de la messe du dimanche. J'voyais pourquoi Harmon était content de vivre là.

J'ai avancé dans une grande entrée avec un plafond haut, très haut, où y avait accroché un lustre doré. Y avait aussi dans l'entrée un joli tapis avec plein de couleurs, on aurait dit la photo d'un vitrail que j'avais vu un jour. J'avais peur d'avoir des machins sales sous mes pieds alors j'ai pas marché sul tapis, j'ai posé mes deux sacs et j'ai attendu Harmon.

Harmon est arrivé dans la grande entrée et quand y m'a vue, l'a couru vers moi. Y m'a serrée dans ses bras et tout d'un coup j'avais pus peur.

— Leshaya! il a dit. Y se souvenait même de mon nouveau nom. Maman, c'est Leshaya!

Y m'ont emmenée dans une pièce qu'ils appelaient la bibiothèque pasque c'était plein de livres et qu'y avait des fauteuils confortables, mais ceux-là z'étaient couverts avec des rayures brillantes et pas des fleurs. J'me suis assise, Harmon s'est mis à côté de moi, M. et Mme James et le petit frère qu'y z'appelaient Samson se sont installés en face de nous.

Mme James m'a tout de suite dit :

— Leshaya, je compte bien que tu restes dormir ici cette nuit.

D'une voix si polie et si gentille. J'ai dit :

— Ouais, m'dame, d'toute façon j'suis venue vivre ici. J'suis venue habiter avec Harmon mon frère.

M. James et Mme James se sont regardés, y savaient pas quoi dire, ça se voyait. J'ai serré fort la main d'Harmon et y m'a tapoté la jambe.

Pis M. James a dit :

– Je pense que tu manquerais beaucoup à tes parents. Si tu as fugué, je suis certain qu'ils doivent s'inquiéter. Et si je les appelais pour leur dire que tu es là, en sécurité, avec nous ?

– D'abord c'est pas mes parents et pis y sont en prison. Y sont en prison pasqu'y m'ont kidnappée ou pasqu'y vendaient de la drogue. D'toute façon, y sont en prison et ça c'est à cause de maman Linda. Hier alle a dit qu'alle allait faire payer papa Mitch pisqu'y voulait pus lui donner d'héroïne alors qu'alle est vachement accro à l'héroïne. Comme alle est accro, alle m'a même échangée contre de l'héroïne. Mais papa Mitch a dit hier qu'il en avait marre de leur marché, que maman Linda pouvait me reprendre mais alle veut pas. Alors j'ai pas de parents. Le seul que j'aye au monde, c'est Harmon.

Mme James a dit en voulant attraper la main de M. James :

– Mon Dieu !

Petit Samson s'est approché de moi et il a posé la tête sur mes genoux. L'avait des grands yeux comme Harmon et des cils tout recourbés. L'était joli et l'avait une jolie peau plus noire que les autres. J'ai caressé sa tête tant il était joli. Y m'a regardée, il a ri pis il a couru à sa maman.

M. James a dit :

– Bien, nous ne sommes pas obligés de prendre une décision ce soir. Harmon, si tu allais montrer la chambre d'amis à Leshaya ?

On s'est tous mis debout. Mme James m'a demandé si j'avais mangé et si j'avais faim. J'ai dit que j'avais pas mangé depuis le midi alors elle a couru à la cuisine me préparer queque chose et Harmon m'a fait monter le grand escalier avec des peintures accrochées aux murs. On a été jusqu'à ma chambre. Le couloir était assez grand pour qu'y ait dedans des meubles, des tables, des chaises et plein d'autres choses.

La chambre était comme les autres pièces de la maison, très grande. Elle était si grande que la maison de maman Shell aurait pu tenir dans une pièce. Elle était si grande qu'y avait un sofa, une grande armoire pour les vêtements et un autre meuble avec une télé dedans. Y avait un grand lit, un grand lit tout doré. Harmon a dit que c'était du cuivre. J'ai sauté dessus, j'ai ri et j'ai dit :

— Pas étonnant que t'ayes l'air tout le temps heureux, Harmon, à vivre dans un endroit comme ça. J'crois que j'vais être heureuse tout le reste de ma vie.

J'me suis couchée sul lit et j'ai regardé le plafond. Y avait un lustre en cuivre accroché avec des ampoules en forme de bougies.

— Ouais, j'ai répété, j'vais être heureuse toute ma vie.

Chapitre quinze

Le matin, j'ai dormi tard. J'avais pas d'école où aller et y avait pas de voitures ou de camions qui passaient dehors en faisant plein de bruit, alors j'ai dormi. Quand j'suis descendue à la cuisine M. James était à table avec petit Samson debout sur la chaise qui disait qu'y voulait un gâteau.

Quand M. James a vu que j'étais réveillée y s'est levé et y m'a dit de venir manger queque chose. J'me suis assise, j'ai pris des toasts et une orange et j'ai bu un peu de mon verre de lait mais juste après, petit Samson l'a renversé et tout est tombé sur la table et par terre. J'ai attendu que M. James lui file une baffe mais non. Y lui a dit d'aller chercher une éponge et z'ont nettoyé tous les deux. M. James épongeait, petit Samson était debout sur une marche devant l'évier et essorait l'éponge. Petit Samson faisait des allers et retours et moi j'regardais, j'attendais cette baffe qu'est jamais venue.

Pis M. James a dit à petit Samson d'aller faire ses puzzles et que quand il aurait fini y viendrait le voir dans la salle de jeux.

Samson s'est pendu à mon bras en riant pis il a couru de la pièce, j'imagine pour faire comme M. James avait dit, aller jouer avec ses puzzles.

– Quel âge il a ? j'ai demandé quand Samson a pus été là.

– Trois ans. Nous avons fêté son anniversaire la semaine dernière. Il est très coquin, mais très brillant.

– Et vous pensez qu'Harmon est brillant aussi ?

M. James a souri et j'ai vu ses grandes dents. J'avais oublié comment il avait des grandes dents.

– Oui, Harmon est un garçon intelligent, mais d'une autre manière. Il a des A à l'école, parfois des B, il travaille dur, mais il est surtout très fort en art. Il est plus spirituel, aussi. Samson sera scientifique ou médecin. Il aime les puzzles, les machines et les ordinateurs. Il est curieux de tout.

J'ai vu à sa façon qu'il avait de gonfler la poitrine et de tenir la tête bien haut qu'il était fier de ses deux garçons et j'me suis dit que ça devait être agréable d'avoir quequ'un qui parle de vous fièrement comme ça. Et là j'me suis rendu compte de comment j'détestais Harmon. La méchanceté remplace toute la tristesse dans ma tête.

M. James me regardait d'un drôle d'air derrière ses lunettes. J'ai compris qu'y m'avait demandé un truc que j'avais pas entendu.

– Hein ?

– J'ai dit, et toi ? Qu'est-ce que tu aimes ?

J'me suis redressée et fière de moi, j'ai dit :

– Chanter. Y a rien que j'ai plus envie de faire que chanter. J'serai chanteuse comme les dames, Etta James, Ella Fitzgerald et Aretha Franklin et les autres. Vous les connaissez ?

M. James a ri, et son rire était comme le reste de la maison : on aurait dit qu'il était aussi joyeux que de la musique.

Avant qu'y réponde, j'lui ai demandé s'il était de la famille d'Etta James pasque j'avais toujours voulu savoir.

Il a dit :

— Non, mais je l'ai déjà vue. Je suis allé l'écouter chanter il y a quelques années. C'est elle que tu préfères ?

— Ouais, m'sieur. C'est à elle que j'ressemble le plus, j'crois. Vous l'avez vraiment rencontrée ? Comment alle était ?

J'me suis approchée pour toucher son bras. L'a pas eu l'air gêné alors je l'ai encore touché. J'aurais voulu toucher ses yeux pasqu'y z'avaient vu Etta James mais j'ai pas osé. J'avais peur qu'y me mette une baffe.

M. James a dit :

— Je ne l'ai pas vraiment rencontrée. Je l'ai simplement entendue chanter.

— C'est pareil, j'ai dit. La regarder et l'entendre chanter, c'est comme la rencontrer. J'aurais aimé être vivante quand alle chantait encore.

M. James a retiré son bras et l'a clignoté des yeux.

— Mais elle chante encore ! Elle enregistre toujours ! Tu ne le savais pas ? Parfois, elle vient même enregistrer près d'ici, à Muscle Shoals.

C'était trop incroyable pour que j'comprenne ce qu'y disait.

— Quoi ? Qu'est-ce que vous disez ? (J'me suis levée. M. James a hoché la tête.) Alle… Alle vit encore ? Alle est encore vivante ? Alle chante ? Etta

James ? Etta James qui chante « Stop the Wedding » et « Baby, What you want me to do ? » et « Tell Mama » ? Cette Etta James ? *Mon* Etta James ?

M. James a ri et hoché encore plus de la tête. Ce qu'y disait, c'était comme de la magie pour moi. J'me suis accroupie comme si tous mes os tombaient en miettes et que j'tenais pus debout. Et j'ai pleuré. J'ai pleuré la tête par terre, M. James a essayé de me relever mais j'étais trop molle pour qu'y me soulève. On aurait dit que tout mon corps avait toujours tenu par de la peur ou par de l'attente, que ça prenait toute la place mais quand j'ai su qu'Etta James vivait encore, tout mon corps a changé, tout a changé en moi. J'le sentais. Tous les trucs qui faisaient mal dans mon corps sont devenus tout doux et c'était comme si y avait pus rien sous mes pieds. On aurait dit que j'flottais et quand j'ai levé la tête vers M. James, y flottait lui aussi.

Y s'est baissé mais l'était si grand qu'il a mis du temps à descendre jusqu'à moi. Y m'a tapoté le dos en disant :

– Chut, chut.

Au bout d'un moment, j'ai arrêté de pleurer et j'me suis assise avec un grand sourire.

Il a dit qu'il allait se renseigner pour savoir quand Etta James enregistrait la prochaine fois à Muscle Shoals et que ptête y pourrait m'emmener.

J'me suis essuyé les yeux.

– À Muscle Shoals ? j'ai demandé. C'est où ?

– Muscle Shoals ? Ici, en Alabama. Tu ne le savais pas ? C'est au nord-ouest de l'État, près de Florence. Tu n'as jamais entendu parler de Florence ?

J'ai secoué la tête, elle flottait toujours et celle de M. James aussi. C'était comme dans un rêve.

– Muscle Shoals est un endroit célèbre. Beaucoup de grands morceaux de musique ont été enregistrés là-bas.

– Etta James en Alabama ? Pour de vrai ? Comment vous savez ça ? Comment vous connaissez des machins sur Etta James ?

– J'ai eu l'occasion de défendre dans le cadre de mon métier un ami qui enregistre là-bas. Il la connaît. Lui aussi, c'est un de ses fans !

Etta James était vivante, Etta James chantait en Alabama ! Je flottais plus, je tourbillonnais !

Chapitre seize

Si Etta James venait enregistrer un disque en Alabama alors tout était possible. J'pouvais sûrement devenir moi aussi un jour une chanteuse célèbre. J'pouvais aller à Muscle Shoals chanter pour Etta et elle m'aiderait à devenir célèbre.

M. James a dit qu'y voulait discuter d'autre chose avec moi mais j'entendais rien tant Etta James prenait toute la place dans ma tête. J'arrêtais pas de lui poser des questions. J'voulais connaître tout ce qu'y savait sur elle et sur Muscle Shoals, quand elle y était venue et comment il allait découvrir quand elle revenait.

– Ptête qu'alle y va plus. Ptête qu'on l'a ratée pour toujours. Comment vous savez qu'on l'a pas ratée ? Vous me disez pas des histoires, hein ?

M. James répondait à mes questions mais y continuait à dire qu'y voulait me parler d'autre chose. J'écoutais pas pasque j'voulais pas arrêter le tourbillon et j'savais qu'y voulait parler d'un truc sérieux pasqu'il avait une voix sérieuse et que si je l'écoutais, le truc tout doux, tout mou et tout heureux en moi redeviendrait tout dur.

Pour finir y m'a pris les mains et il a dit :

– Leshaya, s'il te plaît écoute-moi. Une assistante sociale arrive dans une demi-heure et je pense que nous devrions en discuter avant, de façon à ce que tu saches à quoi t'attendre.

J'me suis écartée de lui et j'me suis levée.

– Vous venez juste de dire qu'vous allez m'emmener voir Etta James. Vous venez de le dire ! Et maintenant vous disez que vous m'renvoyez ! Que vous m'redonnez à Patsy et Pete ! J'veux pas retourner dans cette vieille maison puante ! J'pars ! J'm'en vais, d'toute façon j'peux aller à Muscle Shoals tout seule pisque j'ai de l'argent !

M. James s'est relevé en se tenant le dos comme si c'était dur pour lui de se déplier.

– Leshaya, tu ne retourneras pas chez Patsy et Pete, je te le promets.

– Une promesse, ça vaut rien.

– Dans cette maison, si.

Vu la façon qu'y l'a dit, je l'ai cru. J'me suis rassise à la table de la cuisine. C'était une jolie table ronde en gros bois qui s'abîmait pas si j'enfonçais mes ongles dedans.

– Leshaya, ils vont sans doute t'assigner une assistante sociale. Quelqu'un qui veillera sur toi. Quelqu'un uniquement pour toi, qui réfléchira à ce qu'il y a de mieux pour toi dans la meilleure famille pour toi.

– Mais c'est vous la meilleure famille ! Z'êtes la meilleure famille que j'aye jamais vue ! Z'êtes comme dans le *Cosby Show* ! Z'avez déjà vu le *Cosby Show* à la télé ? Voilà comment vous êtes !

Et Harmon, il est ici! C'est mon frère, j'ai que lui!

M. James a hoché la tête.

— La manière dont tu nous vois fait plaisir à entendre, Leshaya. Écoutons d'abord ce que l'assistante sociale a à nous dire et ensuite nous prendrons une décision.

M. James parlait tout doucement et tout prudemment.

J'ai rien dit. J'ai cherché un truc pour y planter les ongles à part la table. Y avait que mon assiette du petit déjeuner et la pelure d'orange. J'ai commencé à creuser dedans et M. James s'est levé et a dit :

— Laisse-moi te débarrasser de ça.

Je l'ai regardé mettre mon assiette dans l'évier. Y faisait tout comme une femme, la vaisselle et le petit déjeuner. Papa Mitch touchait jamais une assiette, sauf pour la jeter par terre.

— Pourquoi vous êtes pas au travail? Z'allez pas au travail?

M. James a ri.

— Bien sûr que si, je travaille. Je suis avocat. J'ai mon cabinet. (Il a rincé l'assiette pis l'a mise dans le lave-vaisselle.) J'ai de la chance. J'ai deux bureaux, un en ville et un ici, à la maison. Aujourd'hui, je reste pour m'occuper de toi et de Samson.

— Ah. Et z'avez du pain?

— Bien sûr.

L'a sorti un pain de mie et l'a posé sur la table.

— Prends tout ce que tu veux. Je vais te chercher du lait, aussi.

J'ai souri, j'ai plongé la main dans le sac et j'ai

pris une tranche. J'ai retiré la croûte que j'ai man-
gée pis j'ai roulé la mie en boule et je l'ai plongée
dans le sucrier sur la table.

– Oh! a fait M. James comme s'il avait un choc.
L'a posé mon verre de lait et l'a attrapé le sucrier.

– On ne fait pas ce genre de choses.

– Oh si, j'ai dit. Z'avez jamais sucé une boule
de pain au sucre ?

M. James s'est assis sans lâcher le sucrier.

– D'autres personnes vont utiliser ce sucre, il
a dit.

– Y peuvent. J'allais pas tout prende. Tiens,
cette boule est pour vous, j'm'en fais une aute.
J'suis capabe de passer la journée à manger du
pain.

– Non. (M. James a posé la main sur ma main
qu'était déjà dans le sac.) Tu prends celle-là et je
m'en ferai une autre.

– Vraiment ?

J'ai pris ma boule de pain et je l'ai lancée dans
ma bouche, c'était dur de la garder coincée dans
ma joue tant j'souriais.

M. James a dit :

– Pour qu'elle ait plus de goût, je vais beurrer
la mienne.

– La beurrer! Non, z'allez tout gâcher!

M. James avait un regard amusé, y me regardait
en douce tout en fabriquant sa boule de pain. Il
a mis une grosse couche de beurre, l'a retiré la
croûte, l'a roulé la mie en boule et y l'a plongée
dans le sucrier. Pis y l'a lancée dans sa bouche et
j'ai attendu sa réaction.

– Hum, délicieux! il a dit alors que sa bouche
mâchait encore le pain.

Il a tout avalé et y s'est frotté les mains. L'avait des doigts maigres comme des petits bouts de bois.

— Je n'ai pas mangé de sucre depuis des années. C'était excellent. Tu es une bonne cuisinière, Leshaya.

— Mais c'est pas moi qui l'a fait, c'est vous.

— Oui, mais c'est toi qui as eu l'idée. C'est le plus important.

J'ai souri et j'me suis sentie rire tout bas. J'ai fait d'autres boules de pain et j'les ai mangées. M. James a dit qu'une ça lui suffisait, l'en a pas pris d'autre. Il a dit que j'avais un puits sans fond à la place de l'estomac vu comment j'pouvais engloutir tout ce pain et ce sucre. Y m'a laissée manger tout ce que j'voulais alors j'ai pas arrêté. Pis j'ai aperçu mon verre de lait qui restait là et je l'ai renversé exprès. Le lait est tombé sul pantalon de M. James qui s'est levé de table d'un coup.

— Tu l'as fait exprès ! il a dit les sourcils froncés tant il était en colère.

— Non, c'est un accident, j'vous jure.

M. James serrait très fort sa figure, du coup on voyait ses muscles de mâchoires. On aurait dit qu'il avait la voix coincée. Y m'a dit d'aller chercher l'éponge et de tout nettoyer pendant qu'y montait changer de pantalon. J'ai fait comme il a dit en souriant pasqu'y m'avait pas frappée ni rien. Comme Samson ou Harmon. Comme si j'étais sa fille.

Chapitre dix-sept

L'assistante sociale est arrivée, c'était une Blanche toute maigre avec le bout du nez qui remontait. À chaque fois que j'la regardais je voyais l'intérieur de son nez par ses narines. J'arrivais pas à regarder autre chose alors j'ai tourné la tête vers la table de la cuisine et j'ai senti ma figure toute chaude comme si elle était toute rouge.

M. James a été voir Samson et m'a laissée avec la dame blanche. Elle voulait que j'lui raconte mon histoire, comment j'étais arrivée jusqu'à la maison des James et où j'habitais avant.

Je lui ai dit que ma vie ça avait été dur mais que maintenant j'voulais rester avec Harmon. Que j'voulais vivre avec sa famille. Elle arrêtait pas d'écrire sur une feuille sur une petite planche, elle secouait la tête pis elle la levait une seconde, du coup j'voyais l'intérieur de son nez, pis elle rabaissait la tête. Elle m'a dit :

— Bien entendu, il serait préférable que tu vives avec une famille de ta race.

J'ai hoché la tête.

– Ouais, en plus y sont de ma race. Mon papa était afro-américain. C'est ma maman qui me l'a dit, alors tout est bon. Ça sera vous mon assistante sociale ?

– Sans doute, elle a répondu comme si elle s'en foutait.

– Vous allez m'placer dans la famille et venir me voir tout le temps comme Doris ?

Doris j'voulais bien la voir chaque mois mais cette femme avait pas l'air d'aimer les gens. J'me suis dit que la voir tout le temps ça devait ête atroce et j'avais pas envie qu'elle dise oui mais elle a pas répondu. Elle a bougé sur sa chaise et elle a écrit queque chose. Pis elle a dit :

– Tu veux bien me laisser parler avec M. James maintenant ?

Elle a dit ça comme si je l'avais empêchée jusque-là.

– J'm'en fous. Faites comme vous voulez.

J'ai été lui chercher M. James et y m'a dit de jouer avec petit Samson pendant qu'y parlait à l'assistante sociale mais j'ai pas obéi. Un enfant qu'avait une salle pleine de jeux rien que pour lui avait besoin de personne et moi j'voulais écouter ce qu'y z'allaient se raconter.

J'me suis glissée jusqu'aux toilettes à côté de la cuisine et j'ai entendu l'assistante sociale dire :

– Je peux l'emmener aujourd'hui et la placer dans un foyer, M. James, à moins que vous ne fassiez office de famille d'accueil au moins pour quelques jours, histoire de lui laisser un peu de répit. Puis nous trouverons pour elle une solution plus permanente. Je dois cependant insister sur le fait qu'elle a presque treize ans et qu'elle fait bien plus vieille. Peu de gens accepteront d'adopter une enfant de cet âge. Ce que nous pouvons espérer de mieux pour elle est un foyer qui la prenne sans limite de temps. Je pense aussi que nous devrions rechercher sa mère et porter plainte contre elle. Leshaya dit que le couple avec lequel elle vivait est en prison. Je vais également me renseigner à ce propos.

Pis elle a baissé la voix et j'ai dû sortir des toilettes pour passer la tête dans la cuisine et entendre ce qu'elle disait :

– Je dois également attirer votre attention sur le fait qu'elle évoque son histoire sans manifester la moindre émotion, et qu'elle paraît très détachée de la situation. Elle pourrait souffrir d'un syndrome de troubles affectifs. Ce qui est classique dans ce genre de situation.

M. James a secoué la tête.

– Excusez-moi, je ne suis pas sûr de bien comprendre.

– Gardez-la à l'œil, a dit l'assistante sociale en rangeant son écritoire sous son bras et en redressant la tête comme si y avait personne de plus joli qu'elle. Elle risque de se mettre à voler, peut-être de vouloir mettre le feu. J'ai déjà vu des enfants comme elle. Et faites attention à votre petit. Les individus dans son genre ne craignent pas de faire mal pour parvenir à leurs fins.

Elle s'est tournée pour partir et j'ai retiré ma tête en vitesse.

– Je reprendrai bientôt contact avec vous. Et je vais enquêter sur cette histoire de prison. Pour moi, c'est un mensonge de bout en bout. Les enfants avec le passé de Leshaya ont tendance à inventer des histoires horribles, mais nous allons vérifier.

J'en pouvais pus! J'ai bondi des toilettes et j'ai sauté sur la dame au nez de cochon.

– C'est pas un mensonge! C'est pas un mensonge du tout! Vérifiez et vous verrez! Et j'veux pas partir avec vous! Si M. James dit que j'peux pas rester alors j'm'en irai! J'peux me débrouiller toute seule! J'sais chanter! J'sais chanter et j'peux gagner plein d'argent! Personne m'emmènera où j'ai pas envie d'aller! Toute ma vie j'ai été kidnappée et mise où on voulait! J'irai plus avec personne! Alors partez! Foutez-moi la paix!

M. James est venu derrière moi et a posé les mains sur mes épaules, mais ses mains tremblaient tant il était pas sûr de lui.

– Bien sûr, nous souhaitons que Leshaya reste avec nous à partir de maintenant. Merci de votre visite, madame Weller. Je vous appellerai dans la semaine.

La dame a reculé vers la porte de la cuisine en disant :

– D'accord, nous allons enquêter et nous vous rappelons. Au revoir, Leshaya. J'ai été ravie de te rencontrer.

Faux-cul jusqu'au bout.

Chapitre dix-huit

On a eu une autre discussion dans la bibiothèque le soir et M. et Mme James ont dit qu'y
z'étaient contents que j'reste un peu avec eux. Pis
y m'ont donné les règles que j'devais suivre pour
pas qu'y aye de problèmes à la maison. Z'ont dit
que j'devais aller à l'école et faire tous mes devoirs
chaque jour et aussi prendre une douche. J'ai dit
que ça faisait cinq ans que j'me lavais une fois ou
deux par jour. J'ai dit qu'y z'avaient pas à s'inquiéter pasque leurs règles étaient pas dures à suivre.

M. James a dit que j'devais respecter les gens,
les choses des gens, dire la vérité et être polie.

Mme James a dit que j'devais m'habiller comme
une fille de mon âge et apprendre à parler correctement pasque la façon que j'parlais c'était pas
facile à comprendre.

J'ai dit :
— Ouais d'ac.

Même si moi j'connaissais plus de gens qui parlaient comme moi que comme eux et que c'étaient
eux qu'étaient durs à comprendre. J'me suis pas

inquiétée de leurs règles : y suffisait que j'fasse les choses bien et j'resterais avec eux, y seraient mon papa et ma maman jusqu'à ce que j'soye célèbre. À part chanter, devenir célèbre et rencontrer Etta James y avait rien que j'voulais plus qu'avoir une maman et un papa comme eux qui me frappaient pas et qu'avaient la bonne couleur de peau.

Après notre discussion sur les règles Mme James a couché Samson pendant qu'Harmon et moi on allait chercher du Coca et des gâteaux salés et qu'on préparait un scrabble. J'avais jamais joué au scrabble, mais Harmon, M. et Mme James étaient tous des champions de scrabble. On aurait dit qu'y faisaient équipe vu comment y jouaient et me faisaient passer pour une idiote. J'pouvais presque pas marquer des points et j'avais des lettres dures, le x et le z, qui faisaient aucun vrai mot. J'arrêtais pas de mettre des mots inventés et Harmon criait :

– C'est pas un mot ! Prends le dictionnaire !

Putain de saloperie de dictionnaire ! Z'étaient tout le temps à regarder dedans pour montrer que j'me trompais. Y se mettaient contre moi du coup j'ai eu la figure toute rouge. J'regardais Harmon penché sur ses lettres comme si c'était important et je le détestais. J'le détestais d'être assis ente sa maman et son papa comme s'y l'était le roi de la Terre. Il a mis le mot « quark », j'étais sûre que c'était un mot inventé mais z'ont tous dit que non. J'ai crié :

– C'est pas un mot ! Prends le dictionnaire !

Harmon l'a attrapé d'un air tout excité pour me prouver que j'me trompais et il a dit :

– Le voilà !

J'ai fait bouger tous les pions sur ce plateau

stupide, ça m'a permis de virer cette saloperie de quark et les autres mots, et j'me suis levée.

– C'est pas un vrai mot! j'ai dit. C'est un faux dictionnaire et j'joue pas avec des tricheurs! Vous trichez tous!

J'ai fait tomber le plateau de la table et j'suis partie en courant.

Quelques minutes pus tard, M. et Mme James sont venus dans ma chambre me dire qu'ils étaient désolés pour c'qui s'était passé en bas et que même si c'était pas bien de ma part de faire tomber le plateau, y z'avaient eu tort de me mettre mal à l'aise. Y se sont assis de chaque côté du lit, y m'ont tapoté le dos et serrée dans leurs bras et j'ai pleuré longtemps après que j'souffrais pus pour qu'y me serrent encore. Pis j'ai demandé où était Harmon et ils ont dit qu'y rangeait en bas. J'ai mis ma tête contre la poitrine de M. James comme si j'étais encore triste alors qu'en fait, j'souriais. Harmon rangeait en bas pendant que j'étais avec son papa et sa maman.

Le lendemain on a tous pris le petit déjeuner ensemble. M. James et Mme James étaient gentils avec Harmon et Samson et juste très polis avec moi comme si j'étais seulement là pour un moment. Harmon a fait cuire des œufs, des gruaux de maïs et du bacon et Mme James m'a expliqué que Harmon était vraiment bon cuisinier.

J'ai dit :

– J'peux faire des œufs et des gruaux mieux que lui quand j'veux.

M. James a dit :

– Je suis sûr que ce sera délicieux. Nous goûterons ça un de ces jours.

Harmon a posé mon assiette d'un coup fort et M. James a dit :

– Essaie ceux-là et tu verras.

J'ai pris une bouchée d'œufs et j'ai tout recraché dans mon assiette.

– Beurk ! j'ai fait. Trop de beurre !

Samson a rigolé et l'a recraché ses céréales.

Harmon a pris mon assiette et l'a séparé les œufs entre ses parents et lui, et M. James et Mme James ont pas arrêté de dire à chaque bouchée que c'était exquis et succulent et plein d'autres mots compliqués qui voulaient dire bon. J'ai mangé du pain mais M. James a dit que j'pouvais pas prendre de sucre avec pasque sinon j'pourrais pas me concentrer à l'école.

« Depuis quand ? » j'ai pensé.

Quand on a été se brosser les dents Harmon m'a demandé pourquoi j'étais méchante avec lui.

– Moi méchante ? C'est toi qui passes tout ton temps à frimer. T'arrêtes pas de me montrer que c'est génial d'avoir une maman et un papa et de préparer le petit déjeuner. T'es vraiment trop génial, hein ?

– J'frime pas, il a dit et j'ai souri pasque là, y parlait comme avant et j'me sentais mieux.

J'ai été à l'école toute seule pasque moi j'allais à l'école publique. J'étais pas assez spéciale pour aller à l'école privée catholique d'Harmon. Lui, l'allait à l'école en voiture avec d'autres. Moi, j'ai pris le bus. Les gosses du bus m'ont demandé d'où j'venais et je leur ai dit que j'avais été kidnappée y avait cinq ans, que j'avais habité à Birmingham et que j'étais revenue vivre dans ma famille ça faisait deux jours. Y m'ont tout de suite bien aimée alors prendre le bus ça m'a pas fait aussi peur que j'avais cru.

Des filles de ma classe m'ont demandé pourquoi j'parlais comme ça et j'ai dit que c'était comme ça que j'avais appris. Une fille m'a traitée d'idiote et une Noire m'a traitée de «wigga» mais j'savais pas ce que ça voulait dire. Harmon m'a expliqué que ça voulait dire que j'étais une Blanche qui faisait comme si elle était noire. Il a dit que c'était pas une insulte mais j'ai dit que c'en était une pour moi pasque j'étais pas Blanche, que j'avais juste la peau très claire.

– Maintenant, j'ai même des parents noirs, ça prouve que j'suis noire, j'ai dit.

Harmon m'a dit que j'étais folle.

Le mercredi soir, Harmon avait chorale à l'église.

J'lui ai dit que j'avais vraiment envie de chanter et il a dit que j'pouvais aller à la chorale des enfants pisque la chorale des adultes c'était pas avant dix-huit ans. J'voulais pas chanter dans une chorale de bébés mais j'ai dit que j'allais quand même avec lui. On aurait dit qu'y voulait pas que j'vienne dans sa chorale à lui. Pourtant, il avait pas dix-huit ans, lui non plus.

Il a dit :

– La seule raison pour laquelle je suis dans cette chorale c'est parce que je joue de la trompette et que j'apprends à être chef d'orchestre.

– C'est pas une raison. La seule bonne raison pour ête dans une chorale c'est si on sait bien chanter et moi j'sais vraiment chanter donc j'ai plus de raisons que toi d'y ête.

Mme James nous a dit d'arrêter de nous

disputer. Elle a dit que j'pourrais passer une audition, comme ça Frère Clevon déciderait à quelle chorale j'allais. À la façon qu'elle avait de regarder Harmon j'ai vu qu'elle croyait qu'il allait me mettre avec les bébés.

Pendant qu'y m'emmenait à l'église Harmon a dit que Frère Clevon était un ronchon, qu'y faisait comme si les gens étaient à lui, qu'il en avait rien à faire de dire des choses horribles à quequ'un qui chantait faux. Harmon a dit que des fois, les gens pleuraient tant ce qu'y disait était dur.

J'ai dit à Harmon qu'un ronchon me faisait pas peur, qu'y risquait pas de me faire pleurer et que, d'toute façon, j'chantais vraiment bien alors qu'y avait pas à s'inquiéter.

– Tu te souviens pas de comment j'chante bien, Harmon ?

Il a dit :

– Si, si. Mais c'était il y a longtemps et Frère Clevon veut des adultes dans sa chorale. Et toi, tu n'as même pas treize ans.

– J'ai treize ans bientôt et d'toute façon j'ai une voix d'adulte.

Harmon a haussé les épaules comme s'y pensait : «Aucune importance, il n'y a aucune chance qu'elle soit prise.»

Quand on est arrivés sul parking de l'église j'ai aperçu par la vitre de la voiture le bâtiment le plus grand et le plus propre que j'aye jamais vu. Harmon a dit que la paroisse avait une cafétéria, un cinéma et un gymnase. Ça ressemblait pas aux autres églises que j'avais vues.

Quand on est descendus de voiture j'ai entendu

de la musique qui sortait du bâtiment sauf que c'était pas du gospel, plutôt du jazz.

– Hé, j'ai dit. Écoute ça ! Pourquoi tu m'as pas dit ? C'est mieux que ce que j'pensais !

J'ai voulu traverser la pelouse mais Harmon m'a attrapée par le bras.

– Ce n'est pas la chorale, c'est le groupe de Mark. Ne va pas traîner avec eux.

– Ah ouais ? Et pourquoi ça ?

J'étais debout avec les mains sur les hanches. La pelouse humide mouillait mes tennis roses de petite fille que Mme James m'avait fait mettre.

– Cela fait partie du programme pour les ados qui n'ont nulle part où aller après l'école. Ce sont des petits durs, dans ce groupe. Prêtre Walter les laisse répéter ici pour qu'ils n'aillent pas embêter les enfants au gymnase mais ils posent quand même des problèmes. La semaine dernière, l'un d'eux a déclenché l'alarme d'incendie de l'église.

– Et alors ?

Harmon a fermé les yeux comme si j'étais vraiment trop bête. Pis il a dit :

– En réalité, il n'y avait pas d'incendie, mais toute la caserne s'est quand même déplacée. Or, chaque sortie des pompiers coûte de l'argent aux contribuables. Et s'il y avait eu un véritable incendie en même temps ailleurs ? Les pompiers auraient été occupés ici pendant qu'une maison brûlait vraiment.

J'ai failli répondre à Harmon mais j'ai entendu le groupe commencer un autre morceau et j'ai arrêté de parler pour écouter.

Sans m'en rendre compte, je m'éloignais d'Harmon et je marchais vers la musique. Y m'a suivie et on a traversé la pelouse dans cette direction. Je marchais en rythme, j'étais comme un chat noir qui veut se frotter contre une jambe. La musique était chaude et cool.

Le groupe était derrière l'église dans une véranda avec des baies ouvertes, du coup y avait juste les moustiquaires qui laissaient passer le son. Y jouaient tous ensemble les yeux fermés ou la tête penchée, y serraient leur instrument près d'eux comme ça, ça leur faisait vraiment sentir la musique. Harmon et moi on les a regardés, y nous voyaient pas. Ils ont joué ptête dix minutes, la musique commençait à être vraiment bonne, je me suis mise à danser, à bouger les hanches, les épaules et la tête, et Harmon m'a dit à l'oreille :

– Nan mais tu t'es vue ?

J'ai souri et je lui ai donné un coup de hanche. C'était bon de le retrouver.

Pis des gens de la chorale sont arrivés et le groupe de jazz s'est arrêté, mais j'ai lancé un coup d'œil à ce Mark. Y m'a regardée de la tête aux pieds comme s'y voulait me dévorer tant y me trouvait belle. J'ai été lui parler et Harmon est venu avec moi.

Harmon a dit :

– Leshaya, j'te présente Mark. Mark, voici Leshaya.

L'a dit ça comme si ça l'ennuyait ferme et qu'y s'en tapait de leur musique mais j'ai fait un grand sourire à Mark et j'lui ai demandé si son groupe jouait des trucs sur quoi on pouvait chanter, un morceau de Billie Holiday ou de la bonne soul. L'a mis son sax à ses lèvres et l'a fait quelques notes pis il a dit :

– Bien sûr qu'on joue du rhythm and blues, tout ce qu'on veut. Pourquoi ?

– Pourquoi ? Pasque j'peux chanter là-dessus. Tu veux m'entende chanter ?

Le type a reniflé comme si tout d'un coup, j'puais. Il a secoué la tête et l'a marmonné qu'y z'avaient pas besoin d'une fille dans leur groupe.

J'ai parlé dans son dos, j'ai dit tout fort :

– J'vais passer une audition pour la chorale. Qu'est-ce que tu dis d'aller écouter ?

Y s'est retourné, l'a haussé les épaules et lui et le groupe ont recommencé sans s'occuper de moi.

Harmon m'a dit de le suivre à la salle de répétition de la chorale mais je pensais qu'au groupe. Ça faisait si longtemps que j'attendais de chanter des trucs comme ça. Si j'allais à Muscle Shoals avec un groupe, je savais qu'Etta James me rendrait célèbre tout de suite. J'me suis vue dans une grande robe de soirée blanche avec un bord tout doré sur une scène avec des lumières, un groupe, Etta assise devant moi et moi qui chantais de tout mon cœur pour elle. Ça a été comme un flash dans ma tête. J'en avais tant envie que ça me faisait mal et y fallait pus que j'y pense pasque j'avais pas de pain pour calmer l'envie.

Quand Frère Ronchon est arrivé Harmon lui a dit que je venais passer une audition pour la chorale et il a juste dit non de la tête sans m'regarder.

J'ai demandé :

– Et si vous me laissez chanter avant d'dire non ?

– Vous êtes trop jeune. Mme James m'a dit au téléphone que vous n'aviez que douze ans. Inscrivez-vous à la chorale des enfants.

Je savais que Mme James me croyait pas vraiment quand je disais que j'savais chanter mais là elle m'avait fait un coup dans le dos. Pas grave.

J'ai dit à Frère Ronchon :

— J'ai une bonne voix. Qu'est-ce ça peut faire l'âge que j'ai, si j'ai une bonne voix ?

— Ce n'est pas une voix adulte, il a dit comme s'y savait tout sur tout.

— Comment vous le savez sans l'entende ? Comment vous le savez sans m'donner ma chance ? Et si vous m'donniez quand même ma chance ?

Le vieux frère Ronchon m'a tourné le dos et a dit à la chorale de sortir « His Eye Is on the Sparrow ». Je suis restée derrière lui comme une imbécile, Harmon a haussé les épaules et a été retrouver la chorale. Frère Ronchon a dit à la dame au piano de jouer, et comme j'connaissais la chanson par cœur, j'ai chanté avec la chorale, sauf que j'ai chanté plus fort. J'ai chanté de tout mon cœur comme si j'étais un ange du paradis qui chantait pour Dieu lui-même.

Toute la chorale s'est arrêtée, Frère Ronchon s'est tourné et m'a regardée avec une surprise si grande que ça m'a donné envie de rire mais j'me suis retenue. J'ai chanté très fort le refrain et ma voix a rempli toute l'église. J'ai vu le groupe de jazz venir voir qui chantait comme ça, ce vieil Harmon avait la bouche grande ouverte comme s'il attendait que le dentiste lui arrache toutes ses dents. Quand j'ai arrêté, les gens de la chorale ont applaudi et frère Ronchon m'a fait une révérence mais j'm'en foutais. J'regardais vers la porte où y avait Mark et j'ai dit :

— Alors, j'peux venir chanter avec le groupe ?

Mark a fait signe que oui, l'air de dire : «Ouais, elle fera l'affaire».

J'me suis tournée vers Vieux Ronchon et j'ai dit :

— C'est dommage pour vous que j'suis trop jeune, hein?

Et j'ai été avec mon nouveau groupe.

Chapitre dix-neuf

J'ai été au Pizza Hut avec Mark pendant qu'Harmon répétait à la chorale. On a parlé des chansons que j'pouvais chanter et un type qui s'appelait Jaz était tout excité pasqu'il avait écrit des trucs qu'y pensait que j'pouvais bien chanter. Y m'a donné une cassette de sa musique pour que je la ramène chez moi.

Après qu'on aye mangé et discuté, on est retournés à l'église mais y avait plus de voiture garée sul parking alors y m'a ramenée à la maison.

Dès que j'suis arrivée tous les James me sont tombés dessus et m'ont posé des questions sur où j'étais et pourquoi j'avais pas appelé pour leur dire ce que j'faisais. Je suis restée contre la porte tant j'comprenais pas.

M. James a dit :

– Tu n'avais pas entendu qu'Harmon devait te ramener à la maison ? Il ignorait totalement où tu étais.

J'ai menti. J'ai dit :

– Mais j'ai dit à Harmon où j'allais ! Y veut juste me faire des ennuis !

Harmon a eu l'air étonné et il a dit :

– Tu mens.

Pis M. James a dit que ça suffisait, qu'on allait pas se disputer. Il a dit :

– Dans cette maison, nous prévenons les autres de l'endroit où nous allons afin que personne ne s'inquiète.

J'ai demandé :

– Vous étiez inquiets pour moi ?

Et z'ont dit qu'y z'étaient malades d'inquiétude.

C'était bon de les imaginer malades d'inquiétude pasque j'avais vu comment z'aimaient s'inquiéter pour Harmon et Samson et pis les prendre dans leurs bras et leur dire des choses gentilles. Mais pour moi z'étaient surtout furieux pasqu'y m'ont pas prise dans leurs bras, z'ont juste dit que j'avais pus la permission d'aller avec Mark et son groupe.

J'ai dit que c'était pas juste pasque j'connaissais pas la règle de dire aux autres où on était.

– D'toute façon, j'ai dit, j'avais prévenu Harmon que j'allais manger un truc.

M. James a dit :

– N'entrons pas dans qui a dit quoi. À partir de maintenant, tu dois toujours nous dire où tu vas, mais cela ne doit pas être avec Mark et son groupe. Nous ne voulons pas que tu les fréquentes.

J'ai dit :

– J'veux juste aller chanter à l'église. Qu'est-ce qu'y a de mal à ça ?

J'ai jeté un œil à Harmon qu'avait la tête

baissée, l'air intéressé par la saleté sous ses ongles même si y avait pas de saleté. J'lui ai dit :

— Dis-leur, Harmon, qu'y faut que j'chante. Dis-leur.

Harmon a arrêté de regarder ses ongles et il a haussé les épaules. Pis y s'est remis à regarder ses ongles.

J'les ai tous montrés du doigt et j'ai crié :

— Z'êtes tous conte moi ! Vous voulez pas que j'aye de rêve ! (Je pleurais des vraies larmes et y me regardaient tous.) Un jour j'serai une chanteuse célèbre ! J'chanterai avec Etta James ! Faut que j'chante ! Faut que j'chante ! Faut que j'chante ! C'est la seule chose que j'veux faire au monde et vous voulez pas pasque vous me détestez ! Vous voulez juste vous débarrasser de moi ! Alors allez-y, débarrassez-vous de moi ! J'reste pas si vous m'détestez !

J'ai voulu partir mais M. et Mme James m'ont rattrapée, z'ont dit que j'devais me calmer et réfléchir pasque c'est comme ça qu'on fait dans une vraie famille. Alors on a parlé pendant des heures, presque toute la nuit de s'ils allaient me laisser chanter dans le groupe de jazz ou non. Y disaient que si j'voulais tant chanter alors je devrais être heureuse de chanter dans la chorale, ce qui se serait passé si j'avais pas entendu le groupe de jazz. Mais si j'chantais dans la chorale, je ferais que chanter alors que si je chantais avec le groupe de jazz, je répéterais pour Etta et pour aller à ce Muscle Shoals pour devenir célèbre. Mais j'ai pas dit ça. J'ai dit :

— Cette musique, c'est moi. J'suis comme alle et alle est comme moi.

Et ça aussi, c'était vrai.

Pour finir, Mme James a bien voulu que j'y aille si Harmon m'emmenait et me surveillait comme un bébé. Alors j'y ai été, Harmon m'attendait en faisant ses devoirs et la grimace quand il aimait pas comment j'étais coquine avec le groupe. J'lui ai dit que j'*devais* faire comme ça pasque c'était comme ça que faisaient les chanteuses célèbres à Muscle Shoals. L'a dit que j'étais pas encore chanteuse célèbre et j'ai dit :

— Ça montre juste que tu vois rien, M. Harmon. J'le suis un peu plus chaque jour.

Chanter et être avec le groupe, j'pensais qu'à ça. J'avais pas du tout envie d'aller à l'école, de faire mes devoirs ou de ranger ma chambre. J'voulais juste chanter, chanter et chanter. Des fois quand j'répétais avec le groupe, je chantais si bien que j'savais que ça les mettait sul cul. J'voyais les étincelles dans leurs yeux. J'sentais l'énergie dans leur musique et quand on terminait un morceau vraiment chaud, on était tous en sueur. J'adorais ça ! Y avait rien que j'aimais mieux. On chantait et on jouait tout l'après-midi et j'voyais pas la nuit tomber, les orages qu'arrivaient dans le ciel, j'voyais juste d'un coup le ciel exploser et la pluie tomber dans le chemin de l'église. C'était comme si la musique était un orage en moi, j'chantais comme s'y lavait tout, et ça c'était encore meilleur que respirer. J'avais toujours voulu chanter, j'avais toujours voulu faire que ça. J'avais envie de chanter avec mon âme jusqu'à ce qu'elle soye complètement vide.

Et un jour, après une vraiment bonne répète où j'avais chanté une des chansons toutes douces de Jaz et qu'on était tous tristes et calmes, alors que j'rentrais en voiture sans dire un mot à Harmon, j'ai pensé : *Qu'est-ce que ça peut faire si les parents d'Harmon m'aiment jamais comme Harmon et Samson ?* C'était pas grave pisque j'resterais pus là très longtemps. La vie de famille et les règles, c'était pas pour moi. Dès qu'Etta allait à Muscle Shoals, j'me tirais. J'étais faite pour devenir chanteuse célèbre. J'étais faite pour voyager et pour chanter et c'est tout. Je le savais pasque les seuls moments où j'avais envie de me battre c'est quand j'chantais.

Un soir que j'aurais dû faire mes devoirs, j'ai été voir dans la penderie de Mme James et j'ai pris deux robes de soirée. J'avais déjà été jeter un œil pour voir ce qu'elle avait et j'savais que j'reviendrais essayer. Les robes m'arrivaient aux chevilles, y en avait une noire très ouverte dans le dos, une blanche qui remontait complètement sul devant avec un cercle doré autour du cou comme un collier de chien. C'était presque comme la robe que j'avais rêvé que j'porterais pour chanter avec Etta. Elle était belle sur moi, elle me moulait tant le corps que j'arrêtais pas de me regarder et de penser à ce type, Jaz, qu'était dans le groupe.

Y avait pas que ses chansons qu'étaient chaudes. Jaz avait un regard bizarre et une énergie épicée quand y bougeait, ça m'excitait à chaque fois que je le regardais. L'avait des yeux vachement enfoncés, des dreadlocks et des gros sourcils. L'avait un nez, on aurait dit qu'il avait ouvert des portes avec, ptête aussi des crânes, et une belle bouche toute ronde. C'était le truc le plus joli de sa figure à part sa peau. L'avait la peau la plus belle et la plus excitante que j'aye jamais vue. Plus belle que celle de Doris même. J'avais tout le temps envie de le toucher et de sentir sa peau chaude et marron contre moi.

Quand Jaz jouait sur son clavier et que j'chantais, y se passait tant de trucs que ça changeait ma voix et dans certains morceaux, j'faisais des sons incroyables, l'âme des autres pleurait et ça chauffait tout le monde. Alors avec cette robe, pendant que je me regardais dans le miroir et que je pensais à Jaz, j'me suis sentie si chaude que j'ai dû m'allonger. J'ai grimpé sul lit de M. et Mme James et j'ai regardé fixement le plafond. Et là, boum! La porte s'est ouverte tout grand et Samson est entré avec Mme James derrière lui. J'me suis levée très vite.

Mme James m'a regardée sans rien dire et j'suis restée sans rien dire moi aussi. Aucune de nous bougeait. Samson s'est approché de moi et il a dit : «Joli». Il a tiré sur ma robe et Mme James lui a dit d'aller demander à Harmon de lui donner son bain dans la salle de bains bleue, alors Samson est parti en courant. Mme James et moi on se regardait toujours.

— J'voulais juste voir ce que ça faisait d'avoir une robe comme ça pasque quand j'chanterai j'porterai une robe longue et…

Mme James a agité la main devant sa figure et elle a fermé les yeux.

— Je ne veux rien savoir. S'il te plaît, retire ma robe.

— Ouais, d'ac.

J'ai vite défait la fermeture dans le dos et j'me

suis déshabillée, elle a tourné le dos pendant que j'remettais mes vêtements.

Elle a dit :

— Quand tu auras rangé mes affaires, rejoins-moi dans ta chambre, il faut que je te parle.

Quand j'suis arrivée à ma chambre, Mme James était assise sur une chaise avec sur les genoux la pile de vêtements et de puzzles et de trucs qu'étaient en tas sur la chaise. J'en ai attrapé un peu et j'ai dit :

— J'allais juste ranger.

J'ai été jusqu'au placard et j'ai tout jeté dedans. Pis j'me suis retournée et Mme James m'a dit de m'asseoir. Elle a dit ça comme si ça lui faisait mal de prononcer les mots.

J'me suis assise et la figure de Mme James est devenue toute douce et toute drôle comme si elle allait se mettre à pleurer, alors j'ai regardé ailleurs pasque j'aimais pas voir ce genre de truc.

Pis tout d'un coup elle a dit :

— Leshaya, ce n'était pas la première fois que tu allais dans ma chambre.

J'ai dit :

— Si. Pourquoi vous disez ça ?

J'ai pris une pièce d'un puzzle de Samson sur mon lit, j'l'ai lancée en l'air et j'l'ai rattrapée.

— Il me manque des objets, Leshaya, et je crois que tu les as pris.

J'ai encore lancé la pièce de puzzle et je l'ai rattrapée. J'ai dit :

— C'est pas moi. C'est sans doute Harmon qu'a pris vos affaires. Y me pique tout le temps des trucs. Y faisait tout le temps ça chez Patsy et Pete.

116

C'était comme si elle m'entendait pas du tout. Elle a dit :

– Des bijoux – une bague et deux colliers – ont disparu, ainsi qu'un petit sac noir et une paire de bas noirs. J'aimerais bien les récupérer.

Comment elle pouvait savoir que des trucs lui manquaient alors qu'y en avait partout dans sa chambre, ça j'en savais rien, mais j'ai dit que j'savais pas où y z'étaient pisque j'avais jamais vu ces machins. J'ai encore lancé la pièce de puzzle mais j'ai pas réussi à la rattraper et elle a atterri par terre. Je l'ai pas ramassée pasque Mme James me regardait.

Je sais pas ce qu'elle regardait mais j'ai attendu qu'elle arrête et, pour finir, elle a redit que j'avais volé ses trucs. Elle insistait pour voir si j'allais changer d'histoire pis Harmon est entré dans la chambre, tout mouillé d'avoir donné son bain à Samson, et quand il a vu ce qui se passait, il est resté contre le mur, y me regardait comme s'y me connaissait pas.

Mme James me criait jamais dessus, elle me frappait pas non pus mais je voyais qu'elle était quand même en colère. Elle avait un regard si furieux que mon cœur pouvait presque pus battre mais j'ai toujours dit la même chose pasque j'étais plus forte qu'elle. Alors j'ai gagné et elle a fini par partir en me disant que j'avais intérêt à ranger le bazar dans ma chambre.

Harmon est resté et y m'a regardée tout jeter dans mon placard pis mettre le dessus-de-lit pour faire comme si les draps étaient bien pliés en dessous.

L'a regardé jusqu'à ce que j'aye fini pis il a dit :

— T'as intérêt à lui rendre ses trucs, Leshaya.

Je lui ai tourné le dos et j'me suis regardée dans le miroir. C'était un miroir doré comme y devait y en avoir partout à Muscle Shoals. J'aimais voir ma figure avec de l'or autour. J'voyais aussi Harmon dans le miroir avec ses grosses joues et son regard triste. J'lui ai dit :

— Pourquoi tu crois que c'est moi qui les a pris ? T'as pas confiance en moi ?

— Qui d'autre aurait pu les prendre ? Rien n'a jamais disparu jusqu'à ce que tu arrives.

Harmon avait les joues toutes gonflées et la lèvre du bas tordue comme s'il allait pleurer.

— Ptête qu'y sont juste perdus. T'y as pas pensé ? j'ai dit en mettant mes cheveux en queue de cheval pour mieux voir ma figure.

Il a dit :

— La montre à gousset en argent que papa et maman m'ont fait graver a également disparu. Je la range toujours dans mon tiroir. Je sais toujours où sont les choses qui m'appartiennent. Toutes. Je vérifie chaque jour que mes choses importantes sont là où je les ai laissées parce que je ne veux pas les perdre. Elles me sont très chères, Leshaya.

Je me suis approchée d'où il était et j'ai dit :

— Eh ben, j'ai jamais vu ta montre ou les trucs de ta mère. Dis, tu crois que j'aurais l'air de quoi avec des cheveux noirs ? Ou des dreadlocks ?

Y a eu des larmes dans les grands yeux de fille d'Harmon, et il a dit :

— L'air stupide.

Y s'est essuyé les yeux, j'ai lâché mes cheveux et je me suis assise sur mon lit. J'voulais pas vraiment lui faire du mal mais y pensait qu'il avait toujours raison pour tout. L'était tellement sûr que j'avais volé les trucs à lui et à sa mère. Tous les quatre on aurait dit un gang, un club où y avait qu'eux. Z'étaient toujours d'accord sur tout et toujours contre moi. Je les détestais.

Harmon a dit :

— Tu me déçois vraiment, Leshaya. Tu ignores à quel point tu as fait souffrir maman. Elle te permet de vivre ici avec nous, et tu prends ce qui lui appartient. Pense à ce qu'elle doit ressentir. Pense à nous, pour une fois. Tu ne penses qu'à toi. À ce dont tu as envie, à chanter, à te faire conduire partout, à avoir la dernière part de cheesecake, à être la première quand on fait un jeu. Tu ne penses qu'à toi.

J'ai sauté de mon lit et j'lui ai lancé un regard noir. Là, c'était lui que je détestais le plus. Y parlait comme M. James et pus du tout comme mon Harmon.

J'lui ai dit :

— Ouais, j'fais toujours des trucs pour moi. Pasque sinon, qui c'est qui va penser à moi ? Hein, Harmon ? Tu te trouves si génial maintenant que t'as une maman et un papa ! Tu penses que t'es mieux que moi à cause de ça, alors que ça veut rien dire ! C'est pas important ! J'ai déjà eu quate mamans avec celle-là et alles ont rien de spécial ! Chanter, ça c'est spécial ! T'as pas de talent ni rien ! Tu joues même pas si bien de la trompette que ça ! Y a rien de plus important qu'avoir du talent et ête célèbre ! Un jour, tu seras petit et moi j'serai grande ! Vraiment grande ! Et j'vais pas attende ici que ça arrive un jour ! J'vais bientôt me tirer, alors t'inquiète pas !

Harmon s'est écarté et il a croisé les bras. Y me jetait des regards méchants, j'voyais qu'il était furieux. Il a dit :

– Que tu doives veiller sur toi sinon personne ne le fera, j'en suis vraiment désolé pour toi, Leshaya. Nous en sommes tous désolés. Mais tu te comportes si mal que cela n'a pas d'importance que l'on se sente désolé de combien ta vie a été dure. Tu ne peux pas voler ce qui nous appartient et mentir uniquement parce que tu n'as jamais eu de famille avant. Et on ne peut pas te laisser faire parce que l'on se sent désolés pour toi. Et que ma vie soit grande ou petite, au moins elle sera honnête, bonne et remplie de gens que j'aime et qui m'aiment. Je n'ai besoin de rien d'autre.

– Alors pourquoi tu pleures sur ta montre si t'en as pas besoin ? Tu passes ton temps à parler comme M. James d'amour et d'ête honnête ! Tu verras quand tu seras pus à cette belle école où j'ai pas le droit d'aller et quand tu seras pus dans cette belle maison et que tu vivras ta vie, tu verras si dans le vrai monde tu parleras d'amour, d'honnêteté et de conneries comme ça !

Harmon a agité les bras.

– Je refuse de discuter avec toi. Tu es toujours sur la défensive. Comme si tu voulais tout le temps te battre.

– Si tu veux pas me parler, alors pourquoi t'es là ? Sors ! Sors de ma chambre ! J'veux pas te parler non pus !

Il est parti mais d'abord il a dit que j'avais intérêt

à rendre ce que j'avais pris si j'voulais continuer à vivre avec eux.

Il a refermé la porte derrière lui et j'ai crié à travers :

– De toute façon, z'allez pas me garder long-temps ! Alors qu'est-ce que ça peut foutre ? Pourquoi j'suivrais des règles et j'discuterais des règles alors que j'vais bientôt m'tirer ?

J'l'ai entendu entrer dans sa chambre et fermer sa porte. J'savais qu'y retournait faire ses devoirs. L'était toujours en train de faire ses devoirs ou de jouer de la trompette.

J'me suis assise devant la table où y avait le miroir doré. J'ai pris une brosse à cheveux, j'l'ai tenue comme un micro et j'me suis regardée chanter tout bas. Comme si j'étais sur une scène à Muscle Shoals avec des projecteurs et de l'or tout autour et Etta James qu'écoutait ma chanson dans le public. J'avais les mains et les genoux tremblants comme si j'chantais vraiment pour Etta James. J'me suis regardée dans ce miroir et j'me suis dit :

– Y veulent pas de toi ici. Tu dois te tirer. Tu dois te tirer maintenant. T'as pas d'aute choix.

Chapitre vingt

M. James et Mme James m'ont appelée d'en bas. Z'ont dit qu'y voulaient avoir une autre discussion avec moi. Je me suis regardée dans le miroir et je me suis dit d'être forte. J'devais être plus forte qu'eux tous réunis contre moi. J'ai pensé aux trucs que je leur avais piqués. Je savais pas pourquoi je les avais piqués, pis qu'ils étaient jolis, c'est tout. Chaque truc que j'avais pris, je l'avais trouvé dans une cachette spéciale, secrète. La montre d'Harmon était dans un petit sac en argent brillant avec du velours noir, dans le tiroir de sa commode. Les bijoux de Mme James étaient dans une jolie boîte qui faisait de la musique, dans des cases avec du velours doré. Même le sac noir et les bas étaient dans un tiroir avec des petits paquets parfumés. Z'étaient là comme si c'étaient des choses si précieuses qu'y fallait que je les aye. Comme ça quand j'habiterais pus chez les James, j'aurais qu'à regarder ces choses pour me souvenir de combien tout était beau dans la maison. D'toute façon, elle était si remplie de jolies choses qu'y z'avaient pas besoin des petits trucs que j'avais pris.

J'pensais à tout ça quand Harmon est arrivé dans ma chambre et m'a dit :

— Eh, descends ! T'as pas entendu qu'ils t'appelaient ?

— Si, si, j'viens, j'ai dit, comme si j'avais pas oublié mais que j'prenais juste mon temps.

J'ai été à la bibiothèque, M. James et Mme James étaient assis ensemble sur leur grand sofa, y se tenaient par la main. J'suis restée debout en me disant que j'étais plus forte qu'eux, même s'y se tenaient la main.

Tout de suite y m'ont questionnée sur leurs objets qu'avaient disparu. J'ai dit que j'savais pas où étaient leurs trucs mais que j'pouvais les aider à chercher.

Mme James m'a dit de venir m'asseoir près d'elle, elle a passé un bras autour de mes épaules et a dit qu'elle me laisserait choisir queque chose de joli, ce que j'voulais dans sa boîte à bijoux, mais que c'était vraiment important pour elle que je lui dise la vérité et que je lui rende ses trucs.

J'ai baissé la tête et j'me suis mise à pleurer. J'ai dit que j'savais pas où étaient ses trucs mais que je pouvais lui donner de l'argent pour qu'elle rachète tout ce qu'elle avait perdu.

La voix de Mme James est devenue dure quand j'ai dit ça et ça m'a crispée de l'entendre parler. Elle a dit que la vérité était bien plus importante que les choses qui manquaient. Elle a dit que ces choses étaient pas perdues, qu'on lui avait prises.

Si la vérité était plus importante pour eux, les trucs que j'avais pris allaient pas trop leur manquer

alors que pour moi, ces trucs étaient plus impor-
tants que la vérité. Et pis j'pouvais pas changer
mon histoire et dire un machin du genre : «Ah
ouais, j'avais oublié. J'ai pris vos bidules.» Dans
tous les cas, z'allaient pas me garder avec eux.
Si je mentais, y diraient qu'y voulaient pas vivre
avec une menteuse, si je disais que j'avais volé les
trucs, y diraient qu'y voulaient pas vivre avec une
voleuse. Si je changeais pas ce que je disais, au
moins je pourrais garder les jolies choses. Alors
quand M. James m'a dit que je devais dire la vérité,
j'ai pleuré très fort et j'ai répondu :

– J'le jure devant Dieu, j'ai rien pris. On m'accuse toujours de tout ! L'assistante sociale, alle a
dit que c'est ma faute si j'ai été kidnappée. C'est
toujours ma faute !

J'me suis blottie conte Mme James et j'ai encore
pleuré.

M. James a dit que l'assistante sociale avait pas
dit ça. Il a dit qu'elle viendrait le lendemain pour
me parler si je voulais, et que je pourrais éclaircir
ça avec elle.

J'ai soulevé la tête vers Mme James et j'ai
regardé M. James. Il avait la figure si froide que
j'en ai eu la gorge sèche. Y m'a dit d'arrêter et d'aller me coucher pasqu'il était tard.

J'ai été à ma chambre et j'ai préparé mon sac.
J'avais pas besoin d'une famille, de toute façon.
J'avais pas besoin de règles et de gens contre moi
qu'avaient toujours raison et moi tort.

Quand tout le monde dormait j'ai pris mon sac
de linge et j'ai descendu l'escalier, j'ai traversé la
cuisine et j'suis sortie. En passant devant le téléphone, j'ai posé mon sac et j'ai fait le numéro de

maman Linda, juste pour voir. Ptête qu'elle regret-
tait et qu'elle voulait que j'vienne la voir. J'aurais
pu passer là-bas avant d'aller à Muscle Shoals et
devenir célèbre.

Mais personne a répondu. J'ai raccroché et j'ai
traîné mon sac dehors. Je l'ai traîné jusqu'au bout
de l'allée et je l'ai caché sous un gros buisson. Pis
j'suis retournée dormir. Ça servait à rien de fuguer
la nuit. Autant partir de jour.

Chapitre vingt et un

Le matin M. James m'a amenée à mon arrêt de bus au bout de la longue allée, seulement on s'est rien dit. J'ai compris qu'y me détestait tant qu'y me parlerait pus jamais. J'suis descendue et j'ai laissé la main sur la voiture quand elle a redémarré pour sentir son métal chaud. Après, j'ai mis ses lunettes que j'avais trouvées sul siège dans mon sac à dos déjà plein et j'me suis accroupie derrière le buisson où j'avais laissé mon sac de linge pendant la nuit.

Le bus est arrivé au bout de quelques minutes, le chauffeur a ouvert la portière et m'a attendue. L'est resté environ une minute, j'le surveillais à travers les buissons, je regardais la tête des gosses par les vitres, je les voyais parler et bouger comme n'importe quel autre jour, y z'en avaient rien à faire du reste du monde. La portière s'est refermée et le chauffeur a démarré.

Je me suis relevée et j'ai attendu environ vingt minutes le taxi que j'avais appelé de la maison avant de sortir, j'ai pris mon sac à dos et mon sac à linge et j'suis partie.

Le chauffeur de taxi m'a posé des tonnes de questions alors j'lui ai raconté que j'allais voir ma tante Doris et je lui ai parlé d'elle, j'étais si excitée de penser à la vraie Doris que j'ai oublié que j'allais pas du tout la voir.

Je crois qu'y m'a crue pasqu'y m'a amenée à la gare routière et l'est parti. J'ai traîné mes affaires dans la gare mais j'ai pas acheté un ticket tout de suite. J'voulais d'abord appeler Jaz, j'me disais qu'y pourrait avoir envie d'aller à Muscle Shoals avec moi et me voir devenir célèbre.

J'avais son numéro de quand y m'avait donné ses nouvelles chansons. J'avais dit que j'les prenais à la maison pour les apprendre mais que j'voulais son numéro pour si j'avais une question. J'avais jamais eu le courage de l'appeler avant d'être à la gare routière prête à quitter la ville. J'savais que sa mère travaillait et qu'il avait pas de père, alors un matin en semaine c'était un bon moment pour appeler. Sauf que j'avais oublié que c'était si tôt. J'ai réveillé Jaz pisqu'il allait pus à l'école alors il avait pas besoin de se lever tôt. L'avait l'air tout endormi et il avait la voix toute bizarre.

— Salut Jaz, c'est moi, Leshaya, j'ai dit quand il a décroché.

— Shay ? Quelle heure il est ? T'es où ?

— Doit ête huit heures. J'suis à la gare routière. Tu veux aller à Muscle Shoals avec moi ? J'vais à Muscle Shoals.

— Pourquoi ?

— Pour y habiter. J'vais rencontrer Etta James et j'vais chanter. J'peux pas chanter et devenir célèbre dans cette ville de merde. Et pis j'ai de l'argent.

— Ah ouais, combien ?

– Des milliers de dollars. Plein.

– Pour de vrai?

– Ouais Jaz, pour de vrai. Alors, tu viens?

L'a réfléchi une seconde pis il a dit :

– D'accord, j'viens pour un petit moment. De toute façon, j'allais quitter mon boulot. T'as dit que t'avais plein de thunes?

– Ouais.

– Où t'as eu tout ce fric? Mais ça a pas d'importance. Je viens avec ma voiture. Je passe te chercher, laisse-moi une heure.

Il a raccroché, j'ai traîné mes affaires jusqu'à un siège et j'ai attendu. J'ai attendu au moins une heure et demie mais j'm'en foutais pisque j'savais qu'y venait, et pis j'ai pensé à Harmon, ça m'a fait passer le temps. J'étais même pas restée un mois chez les James et Harmon et moi on était déjà pus amis. J'y ai beaucoup pensé pis j'me suis dit que ça avait pas d'importance. J'avais pas besoin d'un ami qui se croyait tout le temps génial. Ça avait aucune importance pisque j'avais un nouvel ami. J'avais Jaz.

Jaz est arrivé à la gare routière, y m'a cherchée, je l'ai appelé d'où j'étais assise. L'a vu mon sac à linge et l'a dit :

– Putain t'étais sérieuse, hein? Qu'est-ce qui s'est passé?

J'ai haussé les épaules.

– J'aimais pas la façon que les James me traitaient. Et pis faut que j'habite seule maintenant. J'suis grande. J'ai pas besoin de parents pour me surveiller, tu vois ce que j'veux dire?

Jaz a pris mon sac à linge, l'a mis sur son épaule et, putain, elles étaient belles, ses épaules. On a marché jusqu'à sa voiture, j'avais ma main dans la poche de son jean pour qu'on soye tout près.

Jaz a lancé mon sac sur la banquette de sa petite voiture. C'était une Corvette rouge plutôt vieille pasque le rouge brillait pus mais dedans elle était toute noire et toute propre et quand j'me suis assise, le siège a craqué. Jaz l'appelait Samba comme si c'était une personne et j'ai trouvé ça génial. J'ai dit : «Ouais, Samba, ta nana» et Jaz a trouvé ça trop drôle.

– Samba, ma nana! Yeah! il a dit.

Il a démarré et on a quitté la ville très vite. La voiture rugissait comme si elle était contente de se tirer de Tuscaloosa. Jaz a mis de la musique – une cassette du groupe – j'ai chanté avec lui et on a filé à Muscle Shoals dans Samba sa nana comme si c'était un avion. En un rien de temps on était là-bas. J'avais pas vu passer le temps pisqu'on avait chanté tout le trajet. J'avais baissé ma vitre et Jaz aussi, comme ça je m'sentais libre de chanter et de voler comme dans les airs. C'était génial, j'allais avec Samba sa nana à Muscle Shoals, j'allais rencontrer Etta James et devenir célèbre. Mon rêve se réalisait.

Chapitre vingt-deux

Jaz a ralenti quand on est arrivés à Muscle Shoals mais j'voyais rien du tout.

– Où y sont tous ? j'ai demandé en me penchant par la vitre. Où y a les grandes salles de spectacle et les grands studios ? Et tous les gens chics ?

– Mais de quoi tu parles ? On est pas à Hollywood, on est à Muscle Shoals !

– Mais M. James a dit que tous les gens célèbres chantent ici, Aretha, Etta et les Rolling Stones. Qu'y z'ont fait tous leurs gros tubes ici. Où y sont les rock stars et les clubs de jazz et tout ça ? C'est pas le bon endroit ! C'est encore plus minable qu'à Tuscaloosa ici !

– C'est le bon endroit. C'est juste que c'est pas Hollywood.

– Quoi Hollywood ? Merde ! Cet endroit est trop merdique !

Jaz a remonté la grande rue minable, j'étais si déçue en regardant par la vitre que j'pouvais pas parler. Le choc était trop grand, j'étais toute glacée en moi.

Y s'est garé devant un coffee shop merdeux qu'on voyait presque pas de la rue et l'a dit :

– Allons manger un truc. Tu te sentiras mieux après.

J'avais pas envie de manger dans un coffee shop du trou du cul du monde. J'voulais manger dans un de ces restaurants avec des toutes petites lumières, des tapis rouges et de la musique. J'avais vu des photos et j'pensais qu'y aurait plein de trucs comme ça à Muscle Shoals. Mais tout ce que cette petite ville avait, c'était des fast-foods et la Tennessee River qui faisait plein de brouillard. Comme si d'un coup, on se retrouvait dans un vieux film noir et blanc. Toute la ville avait l'air d'être en noir et blanc.

– T'es sûr que c'est le bon Muscle Shoals ? j'ai demandé à Jaz quand on s'est assis dans le fast-food et que j'regardais vers le parking par la vitre toute grasse.

– Y a que çui-là.

Il a fait signe à la serveuse qu'on voulait commander. Comme c'est moi qui payais, il a pris presque chaque plat du menu. Putain il avait un de ces appétits ! J'me suis juste pris un Coca et du pain que j'ai dit à la serveuse de pas griller. J'me suis fait des boules de sucre et j'ai bu mon Coca mais j'me sentais pas vraiment mieux. Jaz, lui, se sentait vachement bien après des œufs, deux gaufres, du bacon, des pommes de terre, des toasts, du café, des céréales et un jus d'orange.

Quand on est sortis, Jaz a mis son bras autour de mes épaules et a soupiré très fort comme s'il était le roi du monde et j'me suis blottie contre lui pasque j'avais l'impression que j'venais juste de le perdre, moi, le monde. Comment j'allais devenir célèbre en chantant dans un trou pareil ?

On a décidé de se chercher un endroit pour dormir et on a demandé au type de la station-service si y connaissait un motel et si y connaissait le studio où Etta James chantait et où y avait des gens qui jouaient du jazz ou du blues en ville, et l'a dit qu'on tombait bien pasqu'il était musicien.

— Je joue de la guitare, il a dit. (Il a sorti un chiffon de sa poche et il a essuyé le comptoir.) J'ai un groupe.

J'ai dit :

— On m'a dit que des gens célèbres vont ici, du genre Etta James, Percy Sledge et Aretha Franklin. Y sont où ? J'ai pas envie de chanter avec un employé de station-service ! J'ai envie d'ête une vraie chanteuse !

Jaz m'a donné un coup de coude pour me dire de fermer ma gueule mais j'étais trop déçue pour être gentille.

Le type a encore essuyé l'endroit qu'était déjà propre en souriant comme si j'avais rien dit.

— On a fait un CD, il a fini par lâcher comme si c'était rien mais j'ai vu qu'y croyait que c'était génial. On joue surtout du rhythm and blues et un peu de jazz. Z'avez un CD, vous ?

— Non, a dit Jaz. (Il a sorti de sa poche la cassette du groupe.) On a fait ça, si vous voulez écouter.

Le type a secoué la tête en continuant d'essuyer le comptoir.

— Allez au Dragon, le restaurant chinois à une rue d'ici, et demandez Jimmy. Il passera votre cassette et vous pourrez écouter notre CD. Si vous

vous trouvez assez forts, vous pouvez faire un bœuf avec nous ce soir. Jimmy vous le dira. Allez le voir au Dragon.

J'allais redemander pour Etta James où était son studio mais le type a dit :

– Jimmy vous dira où Etta James enregistre. Il connaît tout le monde. Il connaît tous les grands.

On a été à pied jusqu'au Dragon et on a dit à un Chinois chauve qu'est apparu dans le resto qu'on venait voir Jimmy pour écouter son CD. Il a dit que c'était lui Jimmy. Jaz et moi on s'est regardés pasqu'on avait jamais vu un Chinois qui s'appelait Jimmy.

Y nous a conduits dans le resto sombre aux murs rouges et fait traverser la cuisine jusqu'à un petit bureau plein d'étagères, de papiers et de machins de cuisine. L'a dit qu'on pouvait entrer. Une vieille Chinoise avec des milliards de rides sur la figure travaillait à un ordinateur au milieu de tonnes de cartons pliés. On aurait dit une minuscule poupée comme ma poupée Doris, mais en chinoise. Jimmy a dit que c'était sa femme, Elaine, elle nous a fait un signe et elle a recommencé à travailler comme si on était pas là. Jimmy a appuyé sur un bouton de sa platine CD et y a eu tout d'un coup de la musique très fort. Il a vite baissé alors qu'y avait pas de clients dans le resto ni rien.

Y jouaient bien, y jouaient comme des pro mais y avait pas de chansons, pas d'Etta James. J'lui ai demandé s'y savait des trucs sur elle – où était son studio et quand elle revenait – et l'a dit qu'y nous ferait un plan pour le studio où Etta avait enregistré «Tell Mama», mais qu'y savait pas quand elle revenait. L'a dit :

– Lynyrd Skynyrd est ici en ce moment. Jimmy Buffett viendra peut-être le mois prochain, mais pas Etta James.

J'avais pas envie de chanter pour Lynyrd Skynyrd. J'voulais pas du tout chanter tant j'étais déçue. Et pis Jaz a sorti sa cassette de sa poche et a dit à Jimmy d'écouter notre groupe, mais j'faisais pas attention. J'regardais la vieille femme avec toutes ses rides sur la figure et j'avais envie d'être toute seule pour pleurer.

J'ai entendu Jimmy demander :

– Qui c'est qui chante ?

J'ai levé la tête et j'ai dit :

– Moi.

Il a hoché la tête et il a regardé par terre. L'avait pas l'air surpris, rien. Il a écouté un autre morceau pis il a dit :

– Vous faites des trucs bien mais vous êtes inégaux. Le clavier est bon, le sax ça va, mais la batterie et la trompette, c'est faible. C'est la première chanson qui est la meilleure.

Jaz a hoché la tête et dit :

– Ouais, c'est la mienne. C'est moi qui l'a écrite.

Jimmy a dit :

– Je la jouerais pas pareil au clavier.

– Qu'est-ce qui va pas dans la façon qu'on fait ? a demandé Jaz.

– Trop doux, trop faible. Écoute les mots. Les rythmes sont faux. Viens ce soir, je te montrerai. Viens jouer avec nous. Je te fais le plan.

Jaz était tout excité comme si on était invités à jouer avec un groupe célèbre mais même s'y z'étaient bons, on avait jamais entendu parler d'eux alors je m'en tapais.

J'ai laissé Jaz s'occuper du plan et tout. Les plans ça m'intéressait pas, moi j'voulais juste chanter et j'aimais pas que ce Jimmy dise rien sur ma façon de chanter. Ça me tuait qu'y dise rien. Déjà je l'aimais pas, j'voulais le faire chier, lui dire un truc méchant. Quand y z'ont fini les cartes et tout et qu'y se sont relevés du bureau où z'étaient appuyés, j'ai dit à Jimmy :

— Ptête qu'vous avez dit ça sul clavier pasque vous êtes jaloux, qu'on est meilleurs que vous et vote groupe.

Le bonhomme m'a fait une révérence et a dit :

— Peut-être. Vous déciderez ce soir.

L'a souri comme si j'faisais un compliment à lui et son groupe alors ça m'a tuée encore plus.

Y nous a fait traverser le restaurant en passant par la cuisine où y avait une odeur de graisse et de légumes qui grésillaient dans une poêle aussi grosse que moi. Un type habillé comme un chef de la télé était au fourneau. Quand on est arrivés à la porte d'entrée, Jimmy a tapé sur l'épaule de Jaz et dit :

— À ce soir, huit heures.

Pis y m'a pris la main. L'a fait une révérence et l'a dit :

— Jeune dame, c'est un grand honneur de vous rencontrer. Vous avez un immense talent. Utilisez-le bien.

Y m'a regardée dans les yeux et c'était comme si j'lui faisais une promesse.

On a quitté le restaurant sombre et on a marché vers la voiture dans le soleil qui brillait fort. J'avais les jambes qui tremblaient. J'avais jamais tenu une promesse de ma vie.

Chapitre vingt-trois

Tout a été pire l'après-midi quand on a été voir
le studio d'Etta James avec le plan de Jimmy. En
fait y avait rien à voir. Pas de grand bâtiment,
pas de lumières, rien de brillant, rien de beau,
rien du tout. C'était qu'un horrible machin avec
d'horribles rideaux pour qu'on voye pas des studios
sans doute horribles. On pouvait même pas entrer
pisque z'enregistraient un groupe que je connaissais même pas. On a été en voiture jusqu'au drug-
store Trowbridges pasque Jimmy avait dit qu'y faisaient des bons hot dogs au chili et Jaz en a mangé
quatre pendant que j'prenais un autre Coca et
que j'essayais de pas lui montrer comment j'étais
déçue. Comment j'allais devenir célèbre dans un
trou pareil ?

On a passé le reste de la journée au fleuve. J'disais rien mais Jaz pouvait pas se taire tant l'était
excité. L'en pouvait plus d'attendre de taper le
bœuf avec le groupe de Jimmy, l'a dit qu'il adorait
comment la ville avait l'air de sortir du passé, que
c'était comme si le temps bougeait pas à Muscle

Shoals et j'ai dit que c'était juste le problème. C'était resté si longtemps sans bouger que tout était mort.

Jaz a dit que le fleuve et l'atmosphère l'inspiraient tant qu'y devait écrire. L'a été chercher un papier et un stylo dans sa voiture et y s'est mis à écrire des chansons avec moi assise à côté, le cœur brisé.

Des gens sont passés sur des chambres à air, z'avaient l'air de trouver ça drôle de flotter sur l'eau. J'les ai regardés disparaître derrière des arbres pis j'les ai pus vus et pus entendus. J'étais sûre qu'ils avaient rejoint le bout du fleuve et basculé par-dessus la Terre. Même si on m'avait dit à l'école que la Terre est ronde et pas plate, j'étais sûre qu'ils avaient plongé dans le vide. Alors même couchée dans l'herbe, j'me suis débrouillée pour rester assez loin du bord. Moi et l'eau on était pas potes et j'devais lutter pour pas juste penser à me noyer. Je pouvais pas m'empêcher de penser à la fois où j'avais presque coulé dans le golfe du Mexique.

Quand Jaz a fini d'écrire sa chanson, y s'est couché avec moi et l'a soupiré comme s'il était content. Pis l'a vu mes bras et les a frottés. Y avait de l'air humide partout, on le voyait pas sauf sur mes bras. Ça laissait des gouttes sur mes poils. J'aimais bien qu'Jaz me touche. Je me suis blottie contre lui dans l'herbe pisqu'y faisait froid près de l'eau et j'ai posé la tête sur son épaule, ma figure contre sa figure. Y passait sa main dans mon dos, des fois sur mon cul et j'ai senti des frissons entre mes jambes. C'était la première fois depuis longtemps, très longtemps que je ressentais un truc de bon.

À sept heures et demie on a quitté le resto où on avait mangé du poisson-chat frit et des beignets et on a cherché l'endroit où Jimmy nous avait dit de le retrouver. Jaz m'a donné le plan mais j'ai pas un très bon sens de l'orientation alors j'lui ai dit d'aller à droite quand y fallait tourner à gauche et on a mis un quart d'heure à s'rendre compte qu'on s'était trompés. Jaz a fait demi-tour et y m'a insultée pis on a trouvé la bonne route.

Quand on est arrivés c'était plus de huit heures et on a entendu la musique. J'ai regardé les fenêtres de l'étage et j'ai vu des lumières. Elles brillaient comme si c'était la musique qui les faisait briller, comme si c'était la musique qui fabriquait la lumière et pas l'électricité. On est montés par les escaliers de dehors et on a frappé. Personne a répondu alors on est entrés. J'ai vu des gens dans un nuage de fumée, des amplis, des micros et plein de matos d'enregistrement. J'en avais jamais vu autant. Ça m'a donné envie. C'était plus fort que moi.

On a été présentés à tout le monde. En fait Jimmy était le plus vieux et le seul Chinetok. Z'avaient tous l'air de le traiter comme un roi même s'y jouait pas beaucoup pisque il avait l'air d'être surtout le manager.

Z'avaient tous dans les vingt ans sauf Jaz et moi, mais Jaz avait quand même presque dix-huit. Z'avaient tous l'air sale. Y en avait qu'étaient pieds nus, deux types portaient pas de chemise et une fille qui jouait de la guitare et qui s'appelait Colray ou Tolray, j'ai pas bien compris, avait une coupe de champagne tatouée sur un sein. Ça se voyait pasque sa chemise était si ouverte qu'on voyait presque tout.

C'était pas le genre du groupe de Mark. Entre les morceaux y faisaient du bruit, y fumaient, y buvaient de la bière, les pauses duraient longtemps et les types draguaient la fille à la guitare et moi. Y m'ont laissée chanter, et comme d'habitude j'me suis sentie tout de suite bien. J'ai pus pensé que j'étais partie de chez les James, que cette ville était trop ringarde, qu'y avait pas Etta James qui m'attendait pour chanter et que j'avais pas de moyen de devenir célèbre très vite. Mais j'chantais, alors tout allait à nouveau bien.

Un type a poussé un cri quand j'ai arrêté de chanter un machin sentimental et ça m'a fait si plaisir que j'ai chanté tout de suite une chanson déchaînée et j'me sentais toute chaude et toute torride après. J'tremblais à l'intérieur et tous les types du groupe étaient là à me toucher de partout, y m'ont passé du hasch, j'ai fumé comme si j'faisais ça depuis tout le temps, et j'me suis sentie de mieux en mieux. Y m'ont dit que j'avais une voix si puissante que la maison allait s'écrouler comme s'y avait un tremblement de terre. On m'a donné de la bière et je l'ai bue comme si j'avais toujours bu quand j'chantais. On m'avait dit que d'habitude, les gens aiment pas la bière du premier coup mais moi oui. C'était comme si j'avais sucé ma boule de pain trop longtemps avant de l'avaler. Ça avait un peu le goût du pain alors j'en ai bu une autre et j'ai chanté avec le type qui rentrait très fort le menton. Moi aussi j'ai rentré le menton mais ça m'a fait mal au cou alors j'ai arrêté.

Chanter et répéter avec eux, c'était le truc le plus drôle de ma vie. Les types venaient jouer à mon oreille et les lumières du plafond se reflétaient sul doré de la trompette et du sax. Toutes ces lumières, tout ce bruit, ma voix, la bière, le hasch, les types qui me touchaient et se frottaient à moi, d'autres chansons, de la bière, plein de riffs de la batterie au sax au clavier. Et moi. J'étais chaude. J'étais si chaude que j'brûlais de partout. J'avais la gorge en feu, le corps dans la lumière, je dansais et je me collais à Jaz pis je partais et je m'trémous-sais avec Victor de la station-service pis je revenais pour chanter comme j'avais jamais chanté.

On a répété toute la soirée et quand Jimmy est parti vers deux heures du matin, quelqu'un a éteint les lumières et a apporté des biscuits gros comme ma main. Un autre a passé de la coke sur une assiette, encore un autre a apporté du whisky, des bières et du Coca et les a mis sur la table avec les gâteaux. J'ai goûté à tout sauf à l'hé-roïne, y avait un type qui se piquait avec, et pis j'ai dégueulé dans les toilettes et j'suis restée par terre. Quand y se sont remis à jouer, j'ai laissé le son monter du sol en moi, ça tambourinait dans mon dos comme si les baguettes de la batterie tapaient sur mon corps, la pièce tournait et les lumières rouges scintillaient et j'ai commencé à rire, à rire fort jusqu'à crier. Pis j'sais pas ce qu'y a eu sur moi mais j'ai hurlé. J'hurlais de toutes mes forces. Quelqu'un m'a mis une main sur la bouche pour m'empêcher de hurler. Y s'est allongé sur moi alors j'ai arrêté de crier. Et ce qu'y m'a fait, c'était si bon que j'voulais pas en perdre une miette.

Chapitre vingt-quatre

Quand j'me suis réveillée c'était presque midi, j'ai clignoté des yeux à cause de la lumière qu'entrait par les fenêtres. J'm'suis assise et j'ai vu Jaz devant moi, mes vêtements dans sa main. Y me les a donnés et j'me suis habillée sous la couverture. Tous mes os et tous mes muscles me faisaient mal, j'avais si mal à la tête que c'était comme si elle était en verre et qu'on me l'avait brisée avec un marteau.

Jaz m'a attrapée, m'a aidée à me lever et on est sortis sur la pointe des pieds de la pièce puante remplie de gens qui dormaient. J'ai regardé là où j'avais dormi et j'ai vu un corps juste à côté. J'apercevais pas sa tête, j'voyais qu'une couverture avec une bosse dessous.

– On a besoin d'un café, a dit Jaz quand on est monté dans Samba, sa nana.

– Ah ouais ?

Je me sentais si mal que j'voulais rien avaler, mais alors rien !

Y m'a ouvert la portière et j'ai dit que j'avais besoin de m'allonger. Alors il a pris mes deux sacs et y m'a fait grimper derrière. J'me suis recroquevillée en serrant fort mes genoux contre moi et j'ai fermé les yeux pour que le soleil me fasse pus aussi mal.

Y roulait tout doucement et y m'a dit qu'il était désolé pour ma gueule de bois. Il a lancé :

— Chaude nuit, hein ?

Comme s'y savait pas trop.

J'ai dit :

— J'me rappelle de rien.

Ma voix était plate, sans aucune musique.

— Tu te souviens pas ?

Sa voix avait pas l'air très rassurée.

— J'ai dit que j'me souviens de rien. J'me souviens de rien, alors on en parle pas. Trouve-moi juste ce café.

Et là j'ai regardé son dos, sa nuque et j'ai vu qu'il avait la tête plate derrière. On aurait dit qu'il avait pas de crâne, juste un truc dur et plat sous la peau et les cheveux. Et de voir ça, de voir son cou épais qui montait tout droit de sa chemise aussi large que sa tête, ça m'a donné envie de vomir. Je m'suis assise et je lui ai dit d'arrêter la voiture pasque j'allais dégueuler.

J'suis sortie juste à temps. Jaz m'attendait dans la voiture et j'étais contente qu'y soye pas sorti pour me tenir la tête ou rien sinon j'aurais encore plus vomi.

Quand j'ai voulu remonter en voiture, on a entendu une sirène de police. Jaz a dit : « Merde ! » quand la voiture s'est garée derrière lui avec les gyrophares allumés.

J'suis restée au bord de la route pliée en deux pasque j'osais pas trop me relever.

Le policier est sorti de sa voiture et a avancé à pas

lourds vers la voiture de Jaz. Il allait lui parler quand y m'a vue alors il a levé la tête et l'a demandé :

– Vous êtes Leshaya ?

J'ai serré les bras autour de mon corps comme si j'avais froid, même si la journée était chaude et humide et j'ai dit :

– Ouais m'sieur, j'suis Leshaya. Pourquoi vous m'demandez ça ?

Il a baissé les yeux et il a sorti queque chose de sa poche arrière. L'a lu un truc dessus.

– Il y a des gens qui vous cherchent. Vous connaissez les James ?

– Ouais, j'les connais. Pourquoi y me cherchent ?

– Ils disent que vous avez fugué. C'est exact ?

J'ai regardé le ciel bleu, j'sentais le soleil chaud sur ma tête comme un couteau qu'ouvrait mon crâne. Je voulais pas m'emmerder avec un débile de flic, mais je voulais pas non pus revoir les James. Je voulais juste sentir le soleil brûlant. Je voulais rien d'autre que le soleil.

J'ai pas répondu au flic, alors il a passé la tête par la vitre et il a dit :

– Vous avez intérêt à avoir une bonne raison d'être ici avec cette mineure. Je vais devoir vous emmener tous les deux.

Jaz m'a regardée d'un air furieux pis il a tapé de la main sur klaxon comme s'il aurait voulu que ça soye ma tête.

Ça avait aucune importance qu'y soye en colère contre moi. Ça avait aucune importance qu'y découvre quel âge j'avais. Ça avait pus d'importance c'que cette tête plate pensait. J'ai levé la tête et j'ai regardé le soleil en ouvrant grand les yeux et je l'ai laissé me brûler, me brûler, me brûler.

Chapitre vingt-cinq

Ça a été vite réglé chez les flics pisque M. James était là et aussi la mère de Jaz. Jaz avait laissé un mot où y disait qu'y m'emmenait à Shoals, du coup on pouvait pas l'accuser de m'avoir kidnappée. L'est devenu fou quand l'a su que j'aurais treize ans qu'une semaine après. L'a écarquillé ses petits yeux tout rentrés, l'arrêtait pas de dire des gros mots et sa mère arrêtait pas de lui taper sur la tête pasqu'il arrêtait pas de dire des gros mots.

M. James m'a ramenée à la maison et tout ce qu'y disait, c'était :

– Ça va aller, tout va bien se passer.

Y disait ça plus pour lui que pour moi, j'crois. C'était comme s'il avait besoin de se rassurer. L'était dans un sale état, putain !

Je suis restée deux jours chez les James. J'avais pas à aller à l'école ni rien. Y me parlaient pas beaucoup, y z'attendaient pour ça que l'assistante sociale vienne et quand y parlaient, z'étaient pas normals ni contents. Y faisaient très attention avec moi et le plus souvent y me laissaient toute seule, même Harmon. Tout ce qu'Harmon m'a dit, ça a été :

— Tu n'imagines pas ce qu'on a vécu, hein ? Pourquoi tu fous toujours le bordel partout ?

Je savais pas pourquoi j'foutais le bordel, j'aurais cru qu'Harmon comprendrait mais non, il était du côté de ses parents. J'avais tort et y z'avaient raison. J'étais mauvaise et y z'étaient bons. J'étais méchante et y z'étaient gentils. En fait, plus y me trouvaient méchante, plus je me sentais méchante. Pourtant je voulais pas me sentir méchante. Je voulais ressentir la même chose que j'avais sentie quand je m'étais blottie contre Jaz près du fleuve et quand ce type du groupe de Jimmy m'avait grimpé dessus pour que j'crie pus. J'voulais qu'Harmon me prenne dans ses bras comme y faisait chez Patsy et Pete. J'voulais qu'y m'aime à nouveau plus que tout. Alors la dernière nuit que j'ai passée là, j'ai essayé qu'y m'aime à nouveau. Dès que j'ai été sûre que tout le monde dormait, j'ai été dans la chambre d'Harmon et je me suis glissée dans son lit.

L'a eu une peur atroce quand y s'est réveillé et qu'y m'a vue près de lui, surtout quand j'ai mis sa main sur mon corps et qu'y s'est aperçu que j'étais nue. L'a bondi du lit et m'a dit que j'avais intérêt à sortir de sa chambre en vitesse avant que quelqu'un arrive et nous trouve.

J'ai dit que je m'en foutais qu'on nous trouve et je lui ai demandé :

— Tu veux pas faire l'amour avec moi ?

Harmon a pas répondu, l'était fou de rage pasque j'parlais trop fort.

— Chut, tu vas réveiller quelqu'un ! Sors de mon lit, Leshaya. Allez !

Je suis sortie tout doucement comme si j'étais fatiguée et je lui ai laissé le temps de voir mon corps.

Y s'est retourné et l'a dit :

— Mais Leshaya, qu'est-ce qui te prend ?

— Pas toi, ça c'est sûr, j'ai dit, et j'me suis sentie d'un coup très méchante. 'Ci pour tout.

Je suis partie mais j'ai laissé ma culotte dans son lit, tout au fond, comme ça la bonne la trouverait quand elle changerait les draps.

Le matin, l'assistante sociale au nez de cochon est venue me chercher. Les James étaient contents de me voir partir, Harmon encore plus que les autres.

On m'a mise à la campagne chez une femme qui s'appelait Joy Victoria. J'ai jamais vu quelqu'un qui portait mieux son nom qu'elle pasqu'elle était toujours joyeuse. C'était une Blanche, elle avait les cheveux marron, des fossettes, des yeux bleus qui clignotaient tout le temps et un nez bien droit. Elle était pas maigre ou grosse, juste normale. Mais elle était tout le temps heureuse, et sa voix c'était une chanson d'un oiseau tout gai.

Quand j'suis arrivée à sa porte, elle l'a ouvert en grand et elle m'a serrée très fort comme si elle m'attendait depuis longtemps et que j'lui avais manqué. J'ai bien voulu qu'emme prenne dans ses bras, je l'ai serrée comme une vieille copine même si j'sentais rien en moi. Elle m'a dit d'entrer et j'ai regardé partout dedans. C'était comme un conte d'Hansel et Gretel chez elle, pas avec des bonbons mais avec des petits objets en verre : y avait partout des chiens, des girafes, des grenouilles, des dames avec des grandes jupes et des fleurs, des fleurs dans des paniers avec des ficelles en verre et plein d'autres trucs encore. Z'étaient presque tous peints mais y en avait en verre transparent sul bord des fenêtres qui brillaient, et toute la maison avait l'air heureuse, c'était une maison qui brillait et qui chantait, alors j'étais contente d'être chez Joy Victoria.

Elle a dit qu'j'devais pas l'appeler maman, que Joy ça allait très bien. Elle prenait qu'un enfant à la fois, et seulement des filles pasqu'elle avait qu'une seule chambre qu'était toute petite. La maison était au milieu de nulle part et Joy a dit qu'elle pouvait m'emmener à l'école mais que j'pouvais aussi travailler à la maison pasqu'elle avait droit d'être prof dans toutes les matières jusqu'à la terminale.

J'ai dit que je m'en foutais alors elle a dit qu'elle me ferait l'école pasque sinon y avait beaucoup de route chaque jour.

Joy savait faire plein de trucs. Elle avait été infirmière, prof et flic aussi. Elle faisait de l'artisanat le week-end et de l'informatique à la maison la semaine. Elle avait des chèvres dehors et à l'intérieur, dans la place qui restait des objets en verre, y avait un grand métier à tisser avec une roue et plein de couleurs de fil et elle tissait, tricotait et cousait pour aller vendre ses trucs dans des foires le week-end.

Tout le temps que j'ai vécu avec elle, je l'accompagnais aux foires, je mangeais une barbe à papa et des hot-dogs, j'regardais les gens toucher les choses mais jamais rien acheter. Y avait plein d'enfants râleurs à ces foires même si leurs parents arrêtaient pas de les bourrer de bonbons et de limonade.

Joy a dit qu'elle pouvait m'apprendre à tisser et à coudre mais ça m'intéressait pas. J'ai dit que j'voulais juste chanter pasque j'avais un don pour ça mais que j'savais rien faire avec mes mains.

Même si je tricotais pas, ça se passait bien entre Joy et moi. Elle a dit que si j'travaillais vite, j'pouvais finir mes trucs d'école le matin et faire ce que j'voulais le reste de la journée. Alors j'avais école le matin et j'chantais pour les arbres et les chèvres l'après-midi. Le travail d'école était facile pasqu'elle a commencé très bas, elle disait que j'avais du retard. Ça me dérangeait pas de travailler. Je lisais et pis j'écrivais dans mon cahier, et Joy venait vérifier. Elle était toujours derrière moi pasque le matin elle tissait ou elle enroulait son fil dans la même pièce qu'était toute petite. Elle mettait de la musique pendant qu'on travaillait, Mozart, Bach ou Haendel. C'était pas grave pisqu'y avait pas de mots pour me déranger. J'lui ai montré mes cassettes des dames et elle a dit qu'on pourrait les écouter le soir en dînant.

Joy m'a laissée manger toutes les boules de pain que j'voulais jusqu'à ce qu'elle découvre que j'vomissais dans les toilettes. Là elle s'est dit que c'était ptête les boules de pain qui m'rendaient malade, alors elle a dit que j'devais ralentir. Mais j'étais quand même malade alors, après quelques jours, Joy a dit que je devais voir un docteur.

On a été jusqu'à Tuscaloosa pour voir le docteur. Qu'a dit que j'étais enceinte. Moi j'le savais déjà. Je l'ai su le matin après le bœuf à Muscle Shoals pasqu'à l'école, on nous avait prévenus comment c'était facile de tomber enceinte, qu'on pouvait tomber enceinte au premier rapport et j'savais que ça se passerait comme ça pour moi. Alors ça me gênait pas d'habiter un moment dans la forêt avec Joy, au moins jusqu'à ce que j'aye le bébé, pis lui et moi on irait à New York et là, j'deviendrais pour de bon une chanteuse célèbre.

Pendant qu'on revenait en voiture Joy m'a demandé si je savais qui était le père et j'ai dit oui, même si c'était pas vrai. J'me souvenais pas à quoi y ressemblait, je savais même pas si c'était un Noir ou un Blanc. Et là j'ai compris que maman Linda, elle me racontait toujours des histoires sur mon père pasqu'en fait, elle en savait rien. Elle savait pas qui était vraiment le père, comme moi. Alors j'ai décidé de donner un père à mon bébé et de pus changer d'histoire. De pas changer comme maman à chaque fois que j'aurais un coup au cœur.

Quand Joy a su que j'étais enceinte, son sourire avait l'air faux mais elle me prenait toujours beaucoup dans ses bras et elle répétait tout le temps : « Pauvre, pauvre Leshaya ».

Sauf que moi, j'me sentais pas pauvre. Je voulais ce bébé. J'allais lui faire que du bien, l'aimer et pas le laisser n'importe où, le kidnapper ou lui donner l'envie d'être méchant. J'allais l'emmener partout pour qu'y soye avec moi et que j'me sente pus jamais seule, que j'me sente pus jamais abandonnée. J'allais aimer ce bébé et ce bébé allait m'aimer. Un bébé, ça aime toujours sa maman.

Chapitre vingt-six

Je suis restée avec Joy jusqu'à la naissance du bébé, elle m'a appris plein de trucs sur comment le nourrir, le laver, le tenir, tout ce qu'une maman doit savoir même si à chaque fois que l'assistante sociale venait, on me répétait que j'devrais faire adopter le bébé. Je disais rien à l'assistante sociale pisque j'savais qu'elle m'aimait pas. Emme regardait toujours comme si j'allais lui arracher les mains de ses bras mais j'ai dit à Joy que c'était pas question que j'laisse mon bébé à des familles d'accueil et qu'y soye perdu à force de traîner partout. C'était pas question que j'laisse la dame au nez de cochon me prendre mon bébé.

Joy souriait et disait :

– On verra. C'est encore dans longtemps.

Mais j'lui faisais pas confiance. Elle me montrait comment m'occuper de mon bébé et tout ça mais elle parlait dans mon dos avec l'assistante sociale. Toutes les deux, elles me voleraient le bébé dès qu'elles pourraient. Je surveillais Joy, je l'avais vue appeler l'assistante sociale et lui parler tout bas.

Elle m'a fait une fête pour avant la naissance du bébé. En fait, ça ressemblait à une fête d'anniversaire. Elle a préparé un gâteau à la fraise avec du glaçage et elle m'a tricoté un pull rouge avec des poches et une capuche et aussi elle a appelé un bébé chèvre Leshaya. J'avais peur des chèvres. J'chantais pour elles mais je les ai jamais touchées avant la naissance de Leshaya. À partir de là j'ai fait comme si c'était mon bébé, je lui ai chanté des chansons que j'avais inventées et que je savais bonnes. J'allais être une maman géniale.

En attendant la naissance du bébé, je faisais des projets secrets pour aller à New York avec lui. J'ai compté l'argent qu'j'avais pris dans la boîte à chaussures de papa Mitch. Y devait y avoir au moins 10 000 dollars au début pisqu'y m'en restait 9 752,84 ! Tous les soirs je sortais mon argent d'un pantalon que j'pouvais pus mettre et je le comptais pis je rangeais tout dans mon sac sous mon lit. Joy fouillait jamais mes affaires comme maman Shell, je les retrouvais toujours comment je les avais laissées.

Je faisais des plans et je grossissais. Mes seins sont devenus des gros ballons à lait, mes jambes ont gonflé alors j'mettais mes pieds sur une chaise quand je travaillais. Le reste de la journée, j'allais marcher pasque Joy disait que ça faisait circuler le sang et que je m'énervais si je restais là à rien faire d'autre qu'attendre le bébé.

Joy m'emmenait souvent voir le docteur, y me donnait des vitamines et y me disait de boire beaucoup de lait et de manger des fruits et des légumes mais j'avais envie que de pizza. J'avais envie de pizza au petit déjeuner, au déjeuner et au dîner.

La première fois que j'ai senti le bébé bouger, j'ai voulu lui donner un coup de pied moi aussi pasque c'était pas du tout drôle. Ça me faisait des crampes à l'estomac. Joy a dit que c'étaient des gaz mais j'savais que c'était le bébé et j'en pouvais plus d'attendre qu'y sorte.

À presque neuf mois, j'étais si grosse que j'pouvais pus marcher, j'avais pus envie de manger ni de faire des projets ni mes devoirs ni de compter mon argent et même pus de jouer avec le chevreau Leshaya. J'avais juste envie que le bébé sorte ! J'engueulais tout le temps Joy et j'disais que son sourire m'énervait quand j'étais en colère. Elle me prenait dans ses bras et elle me disait de lui chanter une chanson, mais ça non pus, j'en avais même pas envie. Un jour j'lui ai répondu que si elle voulait une chanson, elle avait qu'à se la chanter, alors elle l'a fait.

En fait, elle avait une jolie voix, haute et légère. Elle avait vraiment une jolie voix et j'lui ai dit d'arrêter de chanter pasque ça me faisait du mal. Elle a pus jamais chanté mais ça a rien changé dans ma tête, j'entendais toujours sa voix. J'ai voulu chanter pour me débarrasser de sa voix mais ça a pas marché. Elle avait une jolie voix et elle s'en servait pas. Elle restait dans son salon plein de bibelots pour tisser, taper à l'ordinateur et corriger mes stupides devoirs alors qu'elle aurait pu être en train de chanter dans un endroit comme New York. Ça me rendait folle, ça m'énervait encore plus, ce qu'a été une bonne chose pasqu'un jour que j'piquais une colère pasque j'avais mal aux jambes, l'estomac tout retourné, que j'pensais à Joy qu'avait une jolie voix et qui chantait pas à

New York et que moi j'gâcherais pas mon talent, la poche des eaux s'est percée et Joy a dit que·mon bébé allait pas tarder à arriver.

J'ai accouché chez Joy, elle avait tout prévu, elle avait le matériel et elle savait ce qu'y fallait faire pisqu'elle avait été infirmière mais elle a quand même prévenu le docteur pour qu'y soye prêt si y avait un problème.

J'ai mis huit heures trois quarts pour sortir ce bébé et Joy a pas arrêté de sourire tout du long et de dire que j'me débrouillais bien alors que c'était pas vrai pasque j'étais toute déchirée à l'intérieur et que j'avais rien pour calmer la douleur à part de l'eau et crier. J'veux jamais, jamais, jamais pus revivre ça !

Chapitre vingt-sept

Joy a appelé l'assistante sociale pour dire que le bébé était né. C'était une fille qui pesait quatre kilos. L'assistante sociale a dit qu'elle passerait le jour suivant. Alors même si j'étais mal et que j'me sentais toute déchirée à l'intérieur, j'ai su que j'devais quitter tout de suite la maison avec le bébé pour que la dame au nez de cochon puisse pas me le prendre et le donner à des gens comme Patsy et Pete.

On avait rendez-vous chez le docteur avant l'assistante sociale alors j'me suis préparée avec le bébé. J'ai caché mes 10 000 dollars dans la petite couverture que Joy m'avait tricotée, j'ai mis la couverture, une boîte de lait et des vêtements pour moi et aussi les trucs que j'avais volés aux James dans le sac de langes que Joy m'avait fabriqué et aussi des serviettes hygiéniques pour ma culotte comme quand j'avais mes règles pisque j'saignais toujours de l'accouchement. Joy a rien dit sur mon sac qu'avait vraiment l'air plein, elle m'a juste aidée à mettre le bébé et le gros sac dans la voiture et on est parties pour Tuscaloosa.

D'habitude j'aimais pas comment c'était toujours plein chez le docteur Bramley avec trois docteurs qui partageaient la même salle d'attente et les mêmes salles d'examen, mais le jour où j'me suis enfuie avec le bébé, j'étais contente que ça soye très occupé. Une infirmière a pesé le bébé et moi et a pris ma température, une autre est venue me dire de me déshabiller et de mettre une blouse en papier. Pis elle est sortie, j'suis sortie derrière elle et personne a remarqué que j'filais dans la rue par la porte de derrière.

J'ai essayé de faire comme si je me promenais, que j'marchais avec le bébé dans les bras mais j'me sentais toute faible, j'avais les jambes qui tremblaient et le premier coffee shop que j'ai vu, j'suis entrée et j'ai demandé à la femme de m'appeler un taxi pasque j'devais retrouver mon mari, que j'étais en retard et que mon bébé était malade.

Elle a couru téléphoner et une dame est venue derrière moi payer son addition. Elle a jeté un coup d'œil à mon bébé et elle a dit qu'elle avait jamais vu un bébé si petit de toute sa vie.

– Quelle adorable petite chose ! elle a dit. Votre mari est asiatique ?

J'savais qu'elle avait remarqué la jolie couleur de peau de mon bébé, qu'était presque café au lait. J'ai dit :

– Nan, mon bébé est à moitié noir, comme moi.

La dame a pus du tout souri et elle a tourné la tête vers une annonce de chien perdu derrière la caisse. Pis la dame qu'avait été téléphoner est revenue et a dit que le taxi serait là dans un quart d'heure environ.

J'arrêtais pas de regarder par la vitrine mais personne a descendu la rue en courant à ma recherche. Sans doute qu'y s'étaient pas encore aperçus de ma fugue. Le taxi est arrivé, j'ai dit merci et j'suis partie. Environ vingt minutes plus tard, le bébé et moi on remontait en taxi la longue allée des James.

Le bébé pleurait comme s'il avait faim mais j'ai attendu que le taxi soye parti. J'ai fait le tour de la maison jusqu'au pavillon qu'Harmon m'avait montré un jour, je m'y suis installée et j'ai nourri mon bébé avec le biberon que j'avais apporté. J'lui ai chanté une chanson et j'ai tapoté sa petite tête chaude qui sentait bon, et elle a bu le biberon comme si elle mourait de faim. Des fois elle perdait la tétine et j'devais la lui redonner sinon sa figure devenait toute rouge et elle ouvrait la bouche comme pour pleurer. J'avais jamais vu quelqu'un qui pouvait faire aussi peu de choses qu'elle. Elle avait une grande bouche et pas de dents, du coup on pouvait voir au fond de sa gorge par où sortaient ses tout petits cris.

J'ai raconté à mon bébé comment sa vie allait être et j'crois qu'alle écoutait. J'ai dit :

– Ma petite fille, tu vas habiter avec Harmon jusqu'à ce que l'assistante sociale te cherche pus. Et même si alle te trouve ici ça a pas d'importance pasque si alle croit que t'es le bébé d'Harmon, alle verra qu'on s'occupe bien de toi dans une bonne famille et alle t'emmènera pas. Faut pas t'inquiéter pasqu'Harmon y va t'aimer et s'occuper de toi comme y s'est occupé de moi quand on était petits.

Et y a rien de mieux que quand Harmon te prend dans ses bras. Y sera ton papa, d'accord ? Mais tu vas juste rester avec lui un moment pasque j'suis ta maman et je vais revenir te rechercher dès que je serai mieux.

J'ai posé le biberon, j'ai mis le bébé devant ma figure et j'ai respiré fort. Sa figure et son souffle étaient chauds et sentaient bon le lait, sa minuscule main a caressé ma joue. J'ai embrassé ses doigts et j'ai senti comment j'allais avoir le cœur brisé de la laisser à Harmon. Alors je m'suis dit que j'allais partir avec elle dans les bois ou ailleurs pour me cacher, je me suis levée mais j'avais tant la tête qui tournait et mal au cœur que j'ai failli laisser tomber mon bébé.

J'ai cherché le sac de langes comme si j'étais aveugle et je l'ai ramassé.

— On y va, j'ai dit à mon bébé. C'est le moment de rencontrer ton papa.

Chapitre vingt-huit

Quand j'ai sonné, y avait que la bonne à la maison. J'ai attendu des heures qu'Harmon rentre. J'attendais dans la bibiothèque avec un verre et un pichet d'eau, j'me sentais toute déchirée entre les jambes et des fois, j'avais l'impression que j'allais m'évanouir, j'arrêtais pas de boire de l'eau, de sucer les glaçons du pichet et d'aller aux toilettes pour voir ce qui se passait dans ma culotte.

J'essayais de pas penser à comment j'avais mal, je parlais au bébé, je réfléchissais à comment ça allait se passer quand j'dirais à Harmon que ce bébé était sa fille. Y dirait que c'est pas vrai, ses parents diraient ça aussi, que c'est pas vrai et pis y se rappelleraient la culotte dans son lit, y se diraient que c'était ptête lui après tout et y feraient toute une histoire. Mais pisqu'y z'étaient comme à la télé, y prendraient le bébé. J'ai imaginé ça des centaines de fois dans ma tête avant qu'Harmon rentre.

Quand il est arrivé, j'ai entendu la bonne dire :
– Une surprise vous attend dans la bibliothèque.

Harmon a traversé le hall au trot et la bonne a ajouté :

– Je savais que cette culotte vous attirerait des ennuis.

Harmon s'est arrêté net.

– Quoi ? il a fait.

Je me suis levée et j'ai été à la porte appeler Harmon.

– C'est moi, j'ai dit en souriant, toute timide. C'est moi et note bébé, Harmon, viens voir.

Harmon me tournait le dos pisqu'y regardait la bonne. Quand il a entendu ma voix, y s'est retourné et il a dit :

– Leshaya ?

L'avait l'air vraiment surpris, comme s'y s'attendait à pus jamais me revoir.

L'a regardé le bébé dans mes bras et l'a demandé :

– C'est quoi, ça ?

Ses grands yeux de fille arrêtaient pas de clignoter comme s'y voulait plus voir l'image du bébé et de moi.

Je me suis avancée et il a reculé.

– C'est note bébé, Harmon. Regarde-la, c'est pas la plus jolie et la plus gentille chose que t'ayes jamais vue ?

Les grosses joues d'Harmon ont dégonflé comme des ballons qui se crevaient, y clignotait des yeux encore et encore, quand j'me suis approchée j'ai vu des larmes au coin de ses yeux et quand j'lui ai donné le bébé et qu'il a levé les bras, y tremblait.

– C'est bon, Harmon. Prends-la. J'peux pas la garder pasque sinon l'assistante sociale va la mette dans une famille comme Patsy et Pete. Alle est à toi maintenant.

Harmon a pris le bébé, a ouvert la petite couverture de Joy et il a posé un doigt sur la main du bébé.

– J'lui ai déjà donné un nom, j'ai dit en regardant le bébé avec Harmon.

Nos têtes se sont touchées, Harmon a relevé la sienne et m'a regardée, y clignotait toujours des paupières et y avait toujours des larmes au coin de ses yeux.

– J'l'ai appelée Etta H. James. Tu trouves pas que c'est génial ? Tu la vois pas signer un jour des orthographes avec un nom pareil ? Etta H. James : Etta Harmony James.

Une larme a roulé sur la joue toute creuse d'Harmon, y s'est retourné et l'est parti avec le bébé dans les bras.

J'ai cru qu'il était parti attendre M. et Mme James. Je savais qu'y aurait une grosse bagarre avec eux et je me sentais toute faible. Alors je me suis assise et j'ai regardé le pichet vide en espérant qu'y ait encore de l'eau dedans. Au bout d'un quart d'heure, la bonne est venue m'dire :

– Le taxi est là. Vous pouvez partir.

– Mais j'ai pas demandé de taxi.

– C'est M. Harmon qui l'a appelé. Alors partez comme une gentille fille.

Je m'suis levée.

– C'est tout ? J'm'en vais comme ça ? J'dois pas voir M. James pour parler et tout ?

La bonne a posé les mains sur ses hanches.

– Le taxi vous attend. Allez-y, maintenant.

Et voilà, j'ai quitté la maison. C'était si facile

que ça m'a inquiétée, comme si Harmon risquait de pas avoir compris. J'pouvais même pas lui dire que je voulais qu'y s'occupe bien du bébé. J'ai pas pu lui dire que j'voulais pas qu'elle soye adoptée ou emmenée autre part. J'ai quitté la maison et j'ai mis mon corps tout douloureux dans le taxi sans savoir quoi penser. La dame au volant a jeté sa cigarette par la vitre et elle s'est tournée vers moi.

— Alors on va où, mon chou ? elle a demandé.

Je m'suis détournée de la fenêtre et j'l'ai regardée. Elle avait une tête orange qu'avait l'air de remplir tout le siège de la voiture et j'ai senti que j'me ratatinais, je devais plus faire qu'un centimètre de haut. Elle m'a redemandé :

— Où c'est qu'vous allez ?

J'ai dit : « J'sais pas », mais ma voix était si basse qu'elle a pas entendu. J'ai redit : « J'sais pas ! » plus fort pour qu'elle entende. Et j'ai dit une troisième fois : « J'sais pas ! » pour qu'elle arrête de m'regarder.

Alors elle a démarré et la voiture est partie.

Chapitre vingt-neuf

Elle m'a conduit à un hôtel Holiday Inn. J'ai pris une chambre que j'ai dû payer avant de pouvoir entrer dedans pisque j'avais pas de carte de crédit. Le type de la réception a voulu savoir combien de temps j'resterais et comme j'en savais rien pasque j'avais pas pensé à ça, j'ai dit une semaine.

J'ai eu une jolie chambre bleue et beige. Je suis tombée sul lit, j'sentais que le col de ma chemise était humide et que j'tremblais comme si j'avais de la fièvre. J'ai regardé la chambre sans bouger. Elle était grande avec une table, un bureau, deux fauteuils et un placard et tout ça, ça dansait devant moi. J'ai fermé les yeux pour pas me sentir encore plus malade et je me suis endormie.

Je suis restée au lit deux ou trois jours, mon corps passait du chaud au froid, du sec au mouillé. J'dormais le jour et la nuit. Les seules fois que j'me réveillais, c'était pour aller aux toilettes, et ça me prenait le peu d'énergie que j'avais. Je me traînais là-bas et je m'y laissais tomber. Pis quand j'avais changé ma serviette pleine de sang et fait qu'est-ce que j'avais à faire, je me retraînais vers le lit et je m'écroulais.

J'ai fait des rêves horribles où j'me noyais, sauf que c'était dans le sang, tout le sang du bébé qui continuait à sortir de moi. Tout le sang du bébé passait par-dessus ma tête, je me noyais dedans jusqu'à ce que le lit soye trempé à cause de mon sang et de ma sueur.

J'cherchais tout le temps un coin sec dans le lit sans m'en rendre compte et quand j'me réveillais, j'étais à chaque fois tournée vers un endroit différent de la chambre : la tapisserie à fleurs sur mur, le miroir, le bureau, la moquette.

Au bout de deux jours j'ai vraiment cru que j'allais mourir. Mes seins étaient énormes, lourds et durs comme si tout le lait à l'intérieur devenait un poison pour mon corps. J'ai enlevé le panneau « Ne pas déranger » de la porte, j'ai retiré les draps et le machin dessous et je les ai roulés en boule pasqu'y z'étaient pleins de sueur et de sang malgré les protections que j'avais.

Quand la femme de chambre est venue, je m'suis cachée dans les toilettes pasque j'voulais pas qu'elle me dise un truc sur comment j'avais taché les draps. Après, j'suis sortie et j'ai vu qu'elle m'avait mis des draps tout propres, des serviettes de bain et du papier toilette.

Elle est revenue le jour suivant quand j'étais au lit. Elle a d'abord jeté un coup d'œil pis elle m'a regardée plus longtemps et elle a dit :

— Vous n'avez pas l'air en forme. Comment ça va ?

— J'suis malade, j'ai dit.

— Je suis sûre que vous avez besoin de manger

quelque chose. Vous êtes vraiment pâle. Même vos lèvres sont toutes blanches.

Je m'suis assise et j'ai regardé dans le miroir, mes cheveux gras pendaient tout emmêlés, mes lèvres étaient sèches et dures. On aurait dit que mes yeux étaient tout gros, que ma tête était toute grosse, et je me suis rappelé maman Linda malade à cause de l'héroïne. Mais moi, j'étais malade à cause du bébé.

La femme de chambre me regardait elle aussi dans le miroir.

– J'viens juste d'avoir un bébé, j'ai dit.

J'ai dit ça pasque j'voulais pas qu'elle me croye droguée et qu'elle prévienne les gens de l'hôtel. J'étais pas encore prête à ce qu'y me mettent dehors. J'savais pas où j'irais. Je voulais juste rester couchée et mourir. Je me sentais trop malade pour autre chose.

La femme de chambre a commandé au room service des toasts à la cannelle, du thé et du jus d'orange. Pis elle est revenue voir si j'avais mangé mais j'avais presque rien pu avaler.

Elle a eu l'air triste que la nourriture soye restée, alors je lui ai dit que j'mangerais plus tard. Elle s'est assise sul lit comme si elle avait tout le temps pour me parler et elle m'a demandé :

– Ça va ?

J'ai dit que ça allait, que j'avais juste besoin de dormir. Mais en moi, j'étais sûre que j'allais mourir. Toutes les parties de mon corps étaient fiévreuses et douloureuses, jusqu'aux os.

Pis elle m'a demandé où était le bébé.

J'ai expliqué qu'il était chez son papa.

– Alle est avec Harmon et ses parents riches. Tant qu'alle sera avec eux, y lui arrivera rien.

Et la femme de chambre a demandé :

– Et qui s'occupe de vous ? Pourquoi vous êtes toute seule dans cet hôtel ?

– J'suis une chanteuse célèbre. Enfin, pas encore célèbre mais presque. J'viens de m'séparer de mon groupe alors j'suis venue ici le temps de me remettre, vous comprenez ?

– Oui, je crois que je comprends, elle a dit.

Elle m'a tapoté le bras et elle a dit que j'avais l'air chaude et que ptête j'devrais prendre un bain pour faire baisser la fièvre. Elle a été dans la salle de bains faire couler l'eau, j'ai été derrière elle toute tremblante et je l'ai regardée remplir la baignoire trop haut.

Quand y a eu de l'eau presque au bord, elle s'est reculée et elle m'a dit :

– Je reviens dans une heure, quand j'aurai fini mes chambres et j'essayerai de vous coiffer si vous voulez. Et si vous vous laviez les cheveux avec le shampooing de l'hôtel ? Il y a un démêlant dedans, ça devrait faciliter les choses.

J'ai dit d'accord et elle est partie. J'ai vidé un peu d'eau pasqu'y en avait tant que j'aurais pu me noyer, pis j'me suis mise dans la baignoire. J'avais l'impression d'être sur un lit de glace tant c'était froid. Y m'a fallu du temps pour m'habituer.

Je suis restée dans l'eau froide presque tout le temps qu'elle était partie, j'vidais la baignoire et je la remplissais chaque fois que la fièvre réchauffait l'eau mais je mettais des trucs chauds sur mes seins pour qu'y fassent moins mal. Z'étaient tant gonflés, durs et gros que j'ai eu peur de tomber dans les pommes. J'me suis reposée dans la baignoire froide avec les bouts de tissu sur mes seins en essayant de pas juste penser à trembler et à mourir. Alors j'ai pensé à la femme de chambre qu'était trop jolie pour nettoyer des chambres dans un hôtel. J'ai pensé qu'elle pourrait ête mannequin pasqu'elle était vraiment grande et mince avec des longs muscles tout fins dans ses jambes et dans ses bras, une peau très noire et une petite figure, mais des grands yeux et un grand front bombé. Elle avait des cheveux courts comme une couronne sur sa tête, on aurait dit une reine de beauté.

Avant qu'elle revienne, j'me suis lavé les cheveux en fermant le trou de la baignoire pour qu'elle soye trop remplie comme la fille avait fait. Je suis vite sortie du bain et j'ai jeté dans la baignoire la culotte et le pantalon que j'portais pendant tous ces jours. L'eau est devenue toute rouge. On aurait dit une baignoire de sang, tant y en avait. Comme dans mon rêve. J'ai ouvert le trou pour vider la baignoire jusqu'à ce que ça aspire mes vêtements pis j'ai remis de l'eau froide, j'ai savonné mes habits et je les ai laissés sous l'eau qui coulait. J'ai essayé de faire partir les taches de ma culotte mais y avait des taches sur les taches et aucune partait. Y avait plus qu'à la mettre à la poubelle.

Quand la femme de chambre est revenue, elle m'a trouvée enveloppée dans des serviettes, assise sur mon lit, le téléphone à la main. J'l'ai posé et elle m'a souri.

— Vous avez trouvé quelqu'un pour venir vous chercher ? elle a demandé.

— Y a personne à la maison. Ça fait des années qu'y a personne à ce numéro, j'ai dit.

Elle m'a touché le bras.

– Vous avez fait tomber la fièvre. C'est bien. (Elle a mis la main dans sa poche.) Je vous ai apporté ces échantillons d'anti-inflammatoire que donne l'hôtel. Ça devrait vous aider.

Je les ai pris et j'ai dit merci. Je les ai posés sur la table près du lit pis j'ai sorti les vêtements de rechange du sac de langes et je les ai mis lentement. J'avais déjà ma culotte pasque j'avais encore besoin d'une serviette pour le sang. Pendant que je m'habillais elle a été me chercher un peu d'eau pour les médicaments. Là elle a vu ma vieille culotte dans la poubelle, elle l'a ramassée et elle s'est rendu compte que je saignais.

– Vous avez besoin de voir un médecin, elle a dit. Vous avez accouché depuis combien de temps ?

J'ai haussé les épaules.

– J'sais pus. Cinq ou six jours.

Elle a reposé la culotte dans la poubelle et elle s'est relevée.

– Où sont vos parents ? Vous avez des parents ?

J'ai plié avec précaution ma chemise et mon soutien-gorge sales comme s'y z'étaient propres et neufs. Je les ai mis dans le sac de langes en vérifiant que mon argent était bien là. J'ai dit :

– Mes parents, y sont en prison. Mais j'ai pas besoin de parents pisque j'ai dix-huit ans.

La femme de chambre a secoué la tête et a dit avec un air très sérieux :

– Je sais que vous n'avez pas dix-huit ans. J'en ai à peine dix-neuf.

Elle m'a donné le verre d'eau et j'ai avalé les comprimés pendant qu'elle approchait une chaise du lit. Elle l'a tapotée.

– Venez vous asseoir ici pour que je vous brosse les cheveux. Il y a des nœuds, hein ?

Elle a sorti un peigne de la poche de sa blouse.

Je me suis assise tout doucement pasque j'avais mal partout, surtout aux seins où le lait coulait un peu, mais pas assez pour que ça me soulage.

La fille a doucement mis mes cheveux en arrière et elle les a peignés mèche par mèche. Je l'ai laissée me les démêler et j'ai jamais eu mal tant elle faisait ça doucement.

– Et si tu venais chez moi ? elle a dit après un long moment sans parler.

J'ai baissé la tête et elle a continué à me peigner.

– J'connais même pas ton nom et tu connais même pas le mien, j'ai dit.

– Je m'appelle Rosalie, Rosalie Brown.

Elle a passé sa grande main par-dessus mon épaule comme pour que j'la serre.

Je l'ai touchée, elle était chaude, et j'ai vu qu'au bout de chaque ongle, juste au bout, sa peau était encore plus noire que le reste de son corps. J'ai attrapé sa main et je l'ai serrée fort.

Elle m'a demandé :

– Comment tu t'appelles ?

J'ai gardé sa main.

– Leshaya.

– Leshaya ? Leshaya comment ?

– J'ai pas d'aute nom. J'suis juste Leshaya, comme Odetta était juste Odetta. J'ai jamais eu d'aute nom.

Rosalie Brown a serré ma main et je l'ai pus lâchée.

Chapitre trente

Rosalie habitait une petite maison verte avec sa maman, ses trois frères et ses quatre sœurs. Y vivaient les uns sur les autres dans deux minuscules pièces alors qu'Harmon avait une maison si grande qu'y avait plein d'endroits presque tout le temps vides.

La maman de Rosalie m'a dit que j'étais bienvenue mais elle a emmené Rosalie parler dans les toilettes et elle lui a demandé pourquoi elle avait encore ramené un chien errant. Apparemment, ça arrivait souvent que Rosalie ramène des gens de l'hôtel, et sa maman avait pas l'air contente. Si j'avais eu un autre endroit où aller, j'serais partie tout de suite mais j'étais en train de mourir alors je suis restée assise à la table de la cuisine pendant que tout le monde me regardait. On entendait tout ce que la maman disait à Rosalie pisque personne d'autre parlait.

Rosalie a raconté à sa maman un bout de mon histoire, que je venais juste d'avoir un bébé et que j'étais malade, et sa maman est sortie des toilettes et a posé la main sur ma tête.

— Tu te sens bien, ma petite ? elle a demandé.

— Non, m'dame.

Et elle a dit :

— Ça je le vois ! Rosalie ! Pourquoi tu ne me l'as pas dit ? Il faut emmener cette fille à l'hôpital !

J'avais donc le droit de rester. On a passé la nuit à l'hôpital à attendre dans une salle sans air que j'voye un médecin. On était avec des bébés qui criaient, des enfants qui pleuraient et des parents qui râlaient jusqu'à ce qu'y finissent par appeler mon nom.

Un docteur m'a vue deux secondes, y m'a donné plein de machins pour couper le lait, faire descendre la fièvre et arrêter que je saigne. L'a dit qu'y voulait me revoir dans deux semaines mais après une nuit aussi affreuse, je préférais mourir tout de suite, ça allait plus vite et c'était moins terrible.

De tout le temps où j'ai habité chez Rosalie et sa famille j'me rappelle que de trois noms : Rosalie pisque c'est alle qui m'avait amenée à la maison, Myra pasque j'ai été avec elle à l'école un moment et Cliff pisqu'il avait dix-huit ans et qu'il était beau comme Rosalie. Je le regardais tant qu'y m'a dit d'arrêter mais j'savais que ça lui plaisait pasqu'il était toujours sur mon chemin.

J'dormais par terre dans la chambre des filles, j'avais un petit matelas qu'on roulait et qu'on glissait sous un lit dans la journée. Chaque nuit j'étais réveillée par quelqu'un qui me marchait dessus pour aller aux toilettes.

Je voyais presque jamais Rosalie pisqu'elle travaillait au Holiday Inn la journée et qu'elle allait à l'école le soir. Elle étudiait le plus qu'elle pouvait. J'avais jamais vu quelqu'un travailler aussi dur. Tout le monde avait un job dans la famille sauf les petits et Cliff, et la maman de Rosalie a dit que si j'voulais rester avec eux, moi aussi j'devais me trouver un job.

Myra voulait que j'travaille avec elle au *Coop*, un restaurant pour les étudiants. Mais j'ai pensé à ma Etta et je lui ai dit que j'pouvais pas perdre mon temps à couper des légumes, que j'devais me trouver un boulot de chanteuse.

— Tu sais où j'pourrais me trouver un boulot de chanteuse de soul, de jazz ou de blues, des trucs comme ça ?

— Demande à Cliff. Il fréquente un endroit où il y a un groupe comme ça. Ils s'appellent les Kind of Blue. Je ne les ai jamais entendus jouer, mais ils donnent de temps en temps des concerts.

J'étais contente d'avoir une bonne raison de parler à Cliff. L'était assis sur la seule chaise de la maison qu'était pas rangée sur la table de la cuisine. J'me suis approchée, j'ai enjambé les deux petits qui jouaient par terre et j'me suis assise sur ses genoux.

— Eh, vire de mes jambes, t'es trop lourde !

— Nan, et j'sais qu'ça te plaît. T'aime c'que j'ai là.

La maman de Rosalie a crié de la chambre des filles :

— Ça suffit ! On vient de passer encore toute une journée à l'hôpital avec toi, Leshaya, et tu fais tout le temps des histoires ! Laisse mon Clifford tranquille !

Clifford et moi on a ri et il a posé sa main sur ma cuisse comme s'y savait pas où la mettre, mais

je sentais la chaleur de ses mains. Elles me brû-
laient tant que j'ai failli fondre.

J'me suis appuyée contre lui et j'ai dit :

– Cliff, y paraît qu'tu connais un groupe qui
s'appelle Kind of Blue. J'veux chanter avec eux.

L'a mis son autre main au bas de mon dos et y
m'a caressée, caressée.

– Ah ouais ? Mais ils ont déjà une chanteuse.

J'ai passé ma main sur son torse.

– Une comme moi, y z'en ont pas.

– Non mais tu t'es vue ! Quelle prétentieuse !

J'ai hoché la tête et j'ai remonté sa main sur
ma cuisse.

– J'veux chanter. Qui y z'ont ? D'toute façon, ça
peut pas ête quequ'un de très bon.

– C'est ce que tu crois, il a dit en remontant
complètement sa main sur ma jambe.

– Ouais, c'est c'que j'crois.

Je me suis débrouillée pour qu'on s'entende
bien, Cliff et moi, et un jour y m'a emmenée chez
son ami Jay et y lui a dit que je voulais chanter
avec le groupe.

Jay était un débile avec un long nez crochu et
une grosse pomme d'Adam, et la première chose
qu'il a dit, c'est :

– Elle est blanche.

J'ai aussitôt dit :

– J'suis pas blanche, j'suis claire. Mon papa était
plus noir que toi, ça c'est sûr !

Jay a mis sa figure juste devant ma figure et
j'ai dû me tourner tant son haleine sentait fort la
marijuana. L'a dit :

– T'es jolie, mais t'es blanche comme Blanche
Neige et on est pas un groupe mixte. D'toute

façon, on a déjà une chanteuse. (Y s'est redressé et il a donné un coup à Cliff.) Eh mec, pourquoi tu l'as amenée ?

— J'te parie mille dollars que j'chante mieux que la fille qu'vous avez, j'ai dit.

Jay s'est penché vers moi.

— Et où tu vas trouver mille dollars ?

J'ai croisé les bras sur mes seins pisque c'est ça que ses yeux regardaient.

— En chantant. J'ai déjà gagné plein de thune en chantant, alors tu veux m'écouter ou non ?

Cliff a donné un coup de coude au type.

— Ça coûte rien de la laisser chanter.

Jay a jeté un coup d'œil à Cliff.

— Tu la baises ? Elle est bonne ?

Il a pas attendu que Cliff réponde, il a passé le bras autour des épaules de Cliff et y m'a tirée par la main de l'autre côté pour mettre la main sur mon cul et le pincer. Pis il a lancé :

— Pourquoi tu le disais pas ? Sûr que j'vais l'écouter ! J'pourrais même la faire bosser dans un autre groupe si elle a si chaud au cul quand elle chante !

J'étais pas très sûre de bien comprendre ce qu'y disait, mais j'savais que c'était pas juste ma voix qui l'intéressait. Alors je me suis écartée d'eux, je me suis tournée et j'ai dit :

— C'est le groupe qui m'voudra ! J'chanterai pour vous mais rien d'aute ! Et ça dépend de si t'es assez bon en musique, 'spèce de pou !

Chapitre trente et un

La maman de Rosalie a vite regretté de m'avoir prise chez elle. Elle recevait tout le temps des coups de fil de l'école pour l'avertir que j'séchais et quand elle essayait de me faire dire où j'étais, je lui racontais que des mensonges et elle le savait. Elle était maligne mais elle aimait l'argent que j'lui rapportais et c'est ça qui comptait le plus pour elle. Ptête que si elle avait pas autant aimé ça, elle aurait vu que j'passais presque tout mon temps dehors avec Cliff mais elle voulait rien savoir sur nous deux. On aurait dit que Cliff était le seul des grands qui travaillait pas régulièrement. Rosalie expliquait qu'y pouvait pas se concentrer long-temps sur un boulot, qu'y se mettait à penser à autre chose et que son corps suivait.

J'ai dit à Cliff que si j'entrais dans le groupe de Jay, y serait mon manager. Tout chanteur doit avoir un manager et pisque Cliff pensait que j'étais la plus géniale chose qui lui soye arrivée, j'me suis dit que ça marcherait et ça a été le cas. Pendant un moment.

Bien sûr que j'suis entrée dans le groupe de Jay. Dès qu'y m'ont entendue chanter, Kamay la chanteuse a été virée et j'ai été prise à sa place. Kamay était la nana du batteur, Tank. Ensuite elle continuait à traîner avec le groupe, des fois elle jouait du clavier. Des fois aussi elle chantait avec moi ou elle chantait une ou deux chansons seule, je m'en foutais pisqu'elle était pas très bonne. Ça faisait juste ressortir ma voix, surtout que depuis que j'avais eu ma petite Etta, y avait aucun son que j'pouvais pas tirer de mes poumons. Comme si accoucher, ça renforçait la voix ! Ma voix, putain, j'pouvais la faire fondre, brûler, fumer, jouer, danser ! Je mettais le feu au groupe rien qu'avec mon chant. Je pouvais transformer des gens qu'écoutaient tranquilles en une foule déchaînée pis les calmer et les rendre si mous qu'y pouvaient pus marcher. J'avais ce pouvoir.

On jouait souvent au *Osprey's Downtown* où venaient les étudiants, et le week-end on allait à Birmingham ou à Montgomery dans les clubs et les bars. J'avais une fausse carte d'identité pour rentrer dans les clubs mais Jay m'avait quand même refilé un chaperon pour vérifier que je buvais pas d'alcool ni rien. Y s'appelait Bob, c'était un gros Blanc avec des cheveux longs et sales et des ongles noirs de crasse. Y portait toujours des T-shirts qui sentaient la sueur sous ses chemises écossaises puantes qui fermaient pas à cause de son gros ventre, alors qu'y laissait ouvertes. L'était si souvent bourré qu'il a jamais vu ce que j'faisais, alors j'ai pas mis longtemps à essayer toutes les drogues. L'extase, j'l'avais en frissons et en cachetons ! Cliff suivait le groupe partout, c'était plus lui mon chaperon que Bob. L'essayait que je prenne pas de tout, y me disait de pas goûter tout ce que j'trouvais mais je pouvais pas m'en empêcher. J'faisais juste attention avec l'héro : je la fumais mais je me piquais jamais. J'lui disais qu'y comprenait pas comment les musiciens doivent faire. J'lui disais :

— J'dois faire ça pour ête tout le temps bien et chanter d'toute mon âme. J'peux pas faire ça sans aide. Ça fait trop peur. Tu comprends ?

— Ouais, baby, mais je te dis juste de faire attention parce que la drogue qui traîne, c'est pas de la bonne.

Cliff posait sa main dans mon dos et me caressait pasqu'y savait que ça me calmait. Ce type pouvait me faire fondre en deux secondes, putain !

— D'accord, j'disais en me mettant face à lui et en passant mes mains sur sa poitrine. D'accord Cliff, j'ai entendu.

Pas vraiment, en fait. J'ai pas su quel truc dingue y avait en moi jusqu'à ces deux années où j'ai chanté avec Kind of Blue. À quinze ans, j'habitais pus à la maison chez Rosalie, Cliff et moi on vivait ensemble avec Tank et sa nouvelle copine, Val. On se partageait deux chambres dans une maison près du campus. On y était pas souvent mais quand on y était, ça chauffait ! On mettait la musique à fond, plein de gens venaient, se rentraient dedans, se marchaient dessus, fumaient et se shootaient, et tout ce qui tombait par terre, on se mettait à quate pattes pour le lécher comme des chiens.

On a foutu le bordel jusqu'à ce que les flics arrivent une nuit et qu'on se retrouve en taule. Cliff et moi on a passé deux nuits là-bas avant que Rosalie vienne payer notre caution, elle a dit que c'était la première et la dernière fois, que si elle avait su que j'ferais tant d'ennuis, elle m'aurait laissée à l'hôtel.

J'ai dû donner au moins la moitié de l'argent que j'avais volé à papa Mitch pour ce qu'on a abîmé dans cette maison et ça m'a mise à sec, pisque tout le nouvel argent qu'on se faisait avec le groupe, on le dépensait en drogue et en endroits pour dormir.

Cliff et moi on s'est un peu calmés et Cliff m'a ressorti son truc de «faire attention à moi» comme si j'étais une gamine.

J'ai dit :

— J'ai pas besoin de «faire attention à moi» quand t'es là pisque tu t'en charges pour moi ! Tu l'fais tant que j'peux même pus respirer ! On est pas des siamois, putain !

— Je m'occupe de toi, baby, y disait avec cette voix si douce qu'on aurait dit un animal de compagnie. Tu as besoin qu'on s'occupe de toi. Si je ne te surveillais pas, tu serais morte. Ce n'est pas moi qui t'ai empêchée d'aller à la montagne, peut-être ?

Chaque fois que Cliff voulait que je me calme et que j'fasse comme y disait, y remettait cette histoire sur tapis. Jay, Tank et d'autres qu'on connaissait même pas avaient organisé ce voyage. On devait tous aller camper en haut de la Montagne de Sang en Géorgie. J'avais jamais été en Géorgie ni sur une montagne où Tank disait qu'on était si haut qu'un nuage pouvait vous passer sous le nez. J'voulais vraiment y aller mais Cliff a dit qu'y avait déjà trop de monde dans la voiture et que ce serait bien si lui et moi, on pouvait être un peu seuls pour changer. J'avais prévu d'y aller quand même sans rien lui dire mais y sont partis avant que j'arrive au rendez-vous. En fait, y faisait mauvais là-haut, y avait des orages et des alertes de typhon.

La voiture a dérapé, s'est retournée, a quitté la route et a percuté des arbres. Tank a été le seul à pas y laisser sa peau mais l'a dit qu'y z'étaient tous si shootés qu'y z'ont rien senti dans l'accident et quand y sont morts. Tank a eu la jambe amochée, y s'en est aperçu quand il est sorti de la voiture et qu'y pouvait pus marcher.

J'en avais marre que Cliff me balance cette histoire à la gueule chaque fois que j'voulais essayer un truc nouveau qu'y voulait pas. Un jour j'lui ai dit :

— C'était juste un terrible accident. T'es qu'un bébé qu'a peur de tout. T'es un bébé Cliff, tu sais ça ?

Cliff m'a calmée comme y faisait toujours, en me frottant le dos et tout ça, et l'a dit :

— Ouais, quand il s'agit de toi, j'ai peur de tout. Des fois, c'est comme si tu t'en foutais de vivre ou de mourir. Mais moi je ne m'en fous pas. T'es ma Leshaya, non ?

— Ouais, j'disais même si ça me faisait pas trop plaisir.

Quelques semaines après qu'on soye sortis de prison, on a été habiter avec Marty et Marnie. Marty était devenu le chef du groupe après la mort de Jay, et Marnie c'était l'étudiante avec qui y couchait. On a été vivre dans leur appart.

L'a pas fallu longtemps pour qu'on recommence à faire des trucs pas clean. Je m'éclatais toute la journée avec des cachets et du hasch, j'tenais le coup quand même et je chantais toute la soirée. Et ma voix était de plus en plus belle.

Cliff disait que j'avais besoin de récupérer pour la descente après tout ce que j'avais pris et chanté. Y disait qu'j'avais besoin de bien dormir.

Mais j'avais pas envie de bien dormir, j'lui ai dit :

— C'est bon, j'récupère. J'prends pas d'héro avant que j'aye chanté pasque ça m'fait trop descende. Voilà comment j'récupère. Si ça te plaît pas, tire-toi !

J'disais de plus en plus souvent ce genre de trucs à Cliff pisque je me disais que j'lui payais son héro, qu'il allait pas lâcher un coup pareil. Et aussi, Kind of Blue commençait à être célèbre.

Marty nous a trouvé un gros contrat dans le Mississippi où y a tous ces casinos. On a été jouer un mois au Shambala Club, un machin chic. Le sol était balayé et lavé chaque soir, ce qu'y fait que ça collait pas aux semelles et que ça puait pas la bière dès qu'on rentrait comme dans les endroits où on jouait d'habitude. Mais Cliff aimait pas pasqu'y voulait me surveiller et qu'y avait trop de monde pour bien voir.

J'arrivais toujours à me tirer avec quelqu'un et j'laissais Cliff me courir après. C'était un jeu pour moi. Un jour, y m'a retrouvée par terre dans une chambre d'hôtel avec un type qui s'appelait Leslie, et il a failli le tuer. Leslie a réussi à se dégager de Cliff et à se tirer en caleçon.

J'ai crié à Cliff :

— J't'appartiens pas ! Tu peux pas contrôler ma vie comme ça ! Arrête !

Cliff a gueulé :

– Habille-toi!

Y faisait des yeux noirs comme s'il allait me tuer alors j'ai fait comme il a dit. J'ai attrapé un truc, en fait c'était le pantalon de Leslie qu'était trop petit pour moi. J'avais l'impression d'avoir le ventre coupé en deux là-dedans.

Cliff m'a regardée rentrer le ventre. Y s'est affalé sul lit et l'a dit :

– Qu'est-ce que je vais faire?

– Pour quoi?

– Pour toi. Pourquoi tu me fais ça?

– J'te fais rien! C'est à Leslie que j'faisais un truc! j'ai dit pour essayer de rigoler un peu.

Cliff a levé vers moi des yeux ronds et tout humides. L'a dit :

– Tu veux me faire du mal exprès, c'est ça?

J'ai haussé les épaules en cherchant ma chemise et je l'ai vite remise. Pis j'ai relâché le ventre, ce qu'a fait exploser le pantalon. J'me sentais mieux.

Cliff a dit :

– Tu m'aimes plus?

J'ai encore haussé les épaules et j'ai dit :

— J'ai jamais dit que j't'aimais.

– Mais si, tu m'aimes. Leshaya, je t'aime. (Y m'a attrapé la main mais j'ai reculé et il a pas compris. Sa voix tremblait, l'avait les yeux tout gentils pasqu'y z'étaient humides.) Tu le sais que je t'aime, non? Tu es si jolie… Et je n'ai jamais entendu une aussi belle voix. Tu es si spéciale, tu as besoin d'un amour si spécial. Qui d'autre t'aimerait comme je t'aime? Qui d'autre accepterait tous tes abus?

– Aimer ce que j'ai l'air et comment j'chante et me surveiller comme tu fais, c'est pas m'aimer,

Cliff. M'aimer, c'est connaîte mon âme, tout connaîte jusqu'au fond de mon âme et aimer tous ses coins sombres. Et y a personne qui peut aimer ça, pasqu'y a pas d'amour là-dedans. Y a pas d'amour pour toi dans mon âme.

Cliff a quitté le groupe et moi ce soir-là et on l'a plus jamais revu.

Chapitre trente-deux

À seize ans, ma vie a changé. Ptête que ça se préparait depuis longtemps mais je l'ai su seulement à mon anniversaire. C'est le jour où j'ai été à Muscle Shoals pour enregistrer mon premier disque. Mick Werner, un gros producteur qui voyageait pour découvrir des nouvelles personnes a entendu notre groupe jouer dans le Mississippi pendant ce mois-là, pis il est revenu nous écouter à Tuscaloosa. On l'a remarqué tout de suite pasqu'y ressemblait pas aux gens qui traînaient là, il était trop propre sur lui. Et c'était un type riche, y portait un costume sombre avec un T-shirt blanc en beau coton et une montre en or qu'y regardait tout le temps. Même sa tête chauve brillait comme si tout doit briller quand on est riche. Mick est venu plusieurs fois pendant trois mois, pis un soir entre deux morceaux il a demandé à me parler seule et il a dit qu'il aimerait que j'enregistre pour lui.

— Vous voulez dire le groupe ou juste moi ?

— Votre groupe n'est pas bon. Ce sont des médiocres. Ils ne vous sortiront jamais du Sud avec leur musique, alors que vous avez le talent pour ça. Avec la bonne musique et le bon accompagnement, vous pouvez réussir, Leshaya.

J'ai laissé tomber Kind of Blue sur-le-champ. J'suis pas retournée dire que j'les quittais, j'ai fait mon sac et j'suis partie. Le grand jour était enfin là.

J'ai été à Atlanta en Géorgie et je me suis installée avec Mick au beau Ritz-Carlton. Y m'a présentée à Paul, le chef guitariste de mon nouveau groupe.

Paul avait vingt et un ans, y sortait de la fac, l'était grand, blanc et l'avait l'air très sérieux. Y portait des lunettes en métal qui donnaient l'impression que ses yeux étaient petits comme des M & M's alors que quand y les retirait, seulement quand y l'était fatigué, j'voyais qu'il avait des grands yeux profonds et marron foncé. Pour un Blanc, l'était plutôt mignon derrière ses lunettes, mais y riait ou y souriait jamais et il a fallu longtemps pour que je le voye poser sa guitare.

Paul écrivait de la musique. L'avait déjà enregistré un CD avec juste des instrumentaux. Et là, il avait écrit deux chansons alors y lui fallait une chanteuse, et Mick a dit que j'étais parfaite pour ça. Y voulait que Paul et moi on enregistre ces chansons ensemble et y verrait ce que ça donnerait. Il a dit qu'y pensait qu'on pouvait aller loin et gagner beaucoup d'argent.

J'regardais Paul assis dans la suite de Mick, y pinçait sa guitare et y mangeait du raisin qu'y prenait dans une corbeille de fruits sur la table. Le type a même pas relevé la tête quand Mick a dit qu'on pouvait vraiment aller loin. Moi j'avais envie de sauter sul lit et d'embrasser les pieds de Mick mais Paul jouait sur sa guitare comme s'il inventait un air sous nos yeux. J'me suis dit que le seul truc qui ferait réagir ce type, ça serait qu'y voye sa guitare brûler et j'ai eu envie de le faire, mais en fait y avait autre chose qui le faisait réagir et pas dans le bon sens : moi. Plein de fois j'ai failli repartir avec Kind of Blue. Paul était un perfectionniste. Un putain d'emmerdeur de perfectionniste !

La seule façon que j'avais d'apprendre ses chansons c'était de les écouter, pisque j'savais pas lire la musique.

Le type en a fait tout une histoire.

– Tu sais pas lire la musique ? il a dit en laissant tomber sa main sur fauteuil comme s'y voulait pas de moi sans même m'entendre chanter.

L'a regardé Mick avec l'air de dire « non mais je rêve », comme s'il était sûr que Mick avait fait une grosse connerie en me choisissant pour chanter ses chansons.

– Et alors ? j'ai dit. Y a plein de chanteurs célèbres et de joueurs de guitare qui savent pas lire la musique ! Ptête que tu sais pas chanter, c'est pour ça qu'tu veux pas qu'j'écoute ! Ptête que tu sais pas jouer de la guitare non pus !

Mick s'est mis entre nous, y nous a calmés et il a fait jouer et chanter son morceau à Paul.

J'ai pas mis longtemps à l'apprendre et j'ai cru que ça impressionnerait Paul en plus de ma voix, mais non. L'est devenu dingue pasque j'avais pas un phrasé correct. Et pis après, mes attaques allaient pas. J'avais pas le bon ton – la bonne énonciation, qu'y disait –, j'étais pas en rythme.

– Écoute, trouduc, j'ai dit. Tu me donnes une

seconde pour apprende, d'accord? J'sais déjà ta putain de mélodie alors lâche-moi!

– Je pourrais te laisser un an, tu ne la saurais toujours pas! (Il a retiré ses lunettes et il a lancé un regard noir à Mick.) Elle est pas juste! Elle va tout gâcher! Et regarde-la, elle est camée! Elle se shoote? Je ne veux pas qu'elle chante ma chanson! Elle ne la comprend même pas!

– Qui aurait envie de la comprende? j'ai dit. C'est que des grands mots et de la poésie de merde! Cette chanson a pas d'âme! Comme j'peux rende ce qu'y a pas? T'as qu'une mélodie! Tu vas nulle part, t'es rien si j'chante pas cette chanson mais mon gars, là, t'as laissé passer ta chance!

J'ai jeté sa chanson merdique sul lit, j'ai levé mon cul et j'suis partie en direction de la porte.

Mick m'a vite rattrapée et rassise.

– Ne fais pas ta gamine. Si tu veux y arriver, il va falloir que vous travailliez tous les deux. (Il a fait les gros yeux à Paul.) Leshaya, ma chérie, tu es bonne mais tu es dure. Et tu as raison. Tu n'as pas eu le temps d'apprendre cette chanson.

– Y a une heure, vous faisiez comme si j'étais la plus grande chanteuse après Billie Holiday et maintenant j'suis de la merde? J'accepte pas ça! Et sa chanson, c'est du n'importe quoi!

J'ai jeté un œil à Paul qui regardait sa feuille de notes comme si y reconnaissait même pus les mots qu'il avait écrits.

– Tu t'crois encore à l'école, j'lui ai dit en m'approchant. Arrête d'ête aussi coincé et deviens vrai! Oublie ta tête et joue avec ton cœur!

J'avais pris ça à Rosalie qui disait toujours que

Cliff était dans son cœur et jamais dans sa tête. Mais même si j'lui ai piqué l'idée, elle allait bien à Paul. On aurait dit qu'il avait le cerveau en dehors du corps tant y réfléchissait tout le temps.

Paul m'a lancé un regard noir, Mick est arrivé derrière moi et a dit :

— Très bien, maintenant, viens t'asseoir.

Il a mis ses mains dans mon dos et y m'a amenée au canapé. Y s'est assis entre nous deux et y nous a regardés.

— Vous avez besoin l'un de l'autre pour ce travail. Je vais trouver quelqu'un pour donner des leçons à Leshaya, et Paul, tu pourrais revoir tes paroles ce soir et les arranger un peu avant de partir pour Shoals demain matin.

— Shoals ? j'ai demandé. Il y va demain ? Z'aviez dit deux semaines ! Z'avez dit que dans deux semaines, on irait enregistrer là-bas !

Paul a dit :

— Le groupe y va demain pour enregistrer le reste des morceaux. On a juste besoin de toi pour deux chansons.

Mick a hoché la tête.

— C'est exact. Ensuite Paul revient, et vous répéterez tous les deux. Et là, Leshaya, tu iras enregistrer les chansons avec le groupe.

J'ai travaillé dur pour ces chansons, plus dur que j'l'avais jamais fait. Le prof me faisait des exercices de respiration pour que j'me serve plus de mon ventre, et y m'a fait changer ma diction, c'est comme ça qu'il appelait ça, pour que j'chante pas toujours au plus fort mais qu'y ait des moments doux. Y m'a dit d'avoir des pensées tendres, comme si j'tenais queque chose de précieux, du coup j'ai pensé à mon bébé, Etta Harmony, mais ça m'empêchait presque de chanter.

Paul changeait ses paroles, j'répétais tous les jours mais j'devais tout le temps apprendre de nouveaux trucs pasqu'il appelait de Shoals pour changer des mots que j'devais rapprendre. Mais la chanson devenait plus vraie et maintenant, j'arrivais à sentir la tendresse sans penser à mon bébé. J'pouvais me concentrer sur les mots que j'chantais.

On a été à Shoals enregistrer deux semaines après, juste comme Mick avait dit.

Là-bas, on a encore plus travaillé. On était neuf dans le groupe en tout : deux filles et sept mecs. Je les ai presque tous vus pour la première fois ce jour-là, mais deux d'entre eux habitaient Florence. J'les ai bien regardés pour voir s'y venaient pas du groupe avec qui j'avais chanté une fois à Shoals mais ça avait pas l'air, alors j'ai été soulagée.

On a été au studio. Y avait rien de terrible dedans à part le matos et les photos des chanteurs célèbres aux murs. J'ai vu celle d'Etta James et ça m'a donné des frissons de penser qu'elle avait chanté juste là où j'allais chanter. J'ai demandé si elle allait bientôt revenir mais personne du studio savait. Quand même, savoir qu'elle avait été là, qu'elle s'était tenue pile où j'me tenais, ça m'a fait croire que j'pouvais y arriver, moi aussi. J'allais chanter dans cette petite ville et ma chanson allait traverser les États-Unis. C'est ce que j'me répétais sans arrêt. J'ai essayé d'être gentille avec Paul pasqu'y faisait partie du voyage mais c'était pas facile. Y voulait toujours que tout soye parfait. Y laissait personne faire une pause tant que c'était pas nickel, et y s'énervait tout le temps contre moi et le reste du groupe. Des fois, y s'engueulait lui-même pasqu'y faisait un truc que personne remarquait. Mick, qu'était dans le local derrière la vitre, disait à Paul qu'on pouvait corriger ensuite les erreurs, mais Paul voulait que tout soye parfait sans rien retoucher.

– Si on fait une tournée avec ça, on ne pourra pas faire semblant, y disait.

– Et on pourra pas s'arrêter en plein milieu non pus, j'rétorquais.

J'étais fatiguée, et ma voix aussi. J'avais presque pas bu et fumé depuis que j'travaillais avec Mick et le prof, et ça commençait à me manquer.

– Tu seras jamais parfait, j'ai dit. Personne est parfait.

Il a répliqué :

– T'iras pas loin avec ce genre d'attitude ! Toi, être moyenne ça te suffit, hein ? Alors tu resteras moyenne !

– Personne m'a jamais dit qu'j'étais moyenne ! Nan mais tu t'es vu, 'spèce de crétin de moyen !

J'ai attrapé sa tête aux cheveux bien coupés et Mick et deux autres types sont sortis en courant de la cabine pour l'aider.

Pis Mick nous a fait faire une pause pasque tout le monde était fatigué, ce qu'était dommage pour Paul. Pendant qu'on mangeait des petits pains avec de la gelée et qu'on buvait du Coca, on a entendu les enregistrements de nos chansons. Comme on était pus tous entassés dans cette salle, et pus aussi tendus à force d'essayer de tout faire parfaitement, on a pu écouter tranquille et ça rendait mieux qu'on aurait cru. Ça rendait génialement bien ! Paul a même failli sourire. Des gens du groupe ont dit que j'étais vraiment bonne. Quand j'ai atteint la note que j'devais tenir long-temps, deux types ont dit que ça leur foutait des frissons. Et j'savais ce qu'y voulaient dire pasque c'était pareil pour moi.

Lisa la batteuse a dit :

– Moyenne mon cul ! C'est pas moyen tout ça ! C'est vachement supérieur, ouais !

Ouais, tout le monde savait que « Clear Out of the Blue » allait faire un tube. Tout le monde sauf Paul, évidemment.

Chapitre trente-trois

Mick a dû repartir à Atlanta le soir mais nous on est restés à Muscle Shoals et on a fait une super fête chez Lisa. Elle avait une maison qu'elle partageait avec personne alors qu'elle avait que vingt-trois ans. Elle était batteuse sur plein de disques de gens célèbres mais elle avait jamais joué avec Etta James. Elle m'a dit qu'elle l'avait rencontrée une fois, et qu'elle était très gentille. Etta James c'était comme une ombre dans ma vie, je rencontrais tout le temps des gens qui l'avaient rencontrée mais j'la voyais jamais moi-même.

À la fête de Lisa, je portais une robe noire sexy que j'avais volée dans un magasin quand je vivais avec Cliff, Rosalie et leur famille. Elle était plus courte et serrée maintenant et elle laissait vraiment voir mon corps. Y avait des fines bretelles et de la dentelle au bas comme un déshabillé. En fait, c'était un déshabillé. Y faisait vachement froid ce soir-là mais chez Lisa j'savais que j'aurais chaud à danser. J'avais l'impression d'être Tina Turner habillée comme ça.

Lisa avait mis sur la table des plats grecs tout préparés et je me suis jetée dessus, j'ai mangé des trucs dans des feuilles de vigne et des gros gâteaux que j'croyais sucrés mais qu'en fait étaient pleins de fromage. Pis je me suis pris un peu de hasch et j'ai été me coller à des types en dansant. Pendant tout ce temps Paul était assis seul dans un coin : monsieur Antisocial. J'riais très fort, j'essayais de lui faire lever la tête mais l'était tant occupé à tenir sa guitare et à pincer les cordes que rien pouvait le distraire, à part que j'lui tombe dessus, ce que j'ai fait. Je me suis débrouillée pour pas abîmer sa guitare, j'ai fait comme si j'arrivais sul côté et que j'me cognais à lui. J'ai ri, j'ai regardé ses yeux et il a dit d'un ton furieux :

— Vire de là !

— C'est quoi ton problème ? je lui ai demandé en riant encore comme si j'm'en tapais de la façon qu'y m'avait parlé. T'es pédé ou quoi ? Tu supportes pas qu'une femme t'regarde ?

— Non, je ne suis pas pédé, il a dit. Je suis difficile, c'est tout.

— Eh bien, t'inquiète pas pour moi. Pasque le truc sûr, c'est que t'es pas mon genre !

J'ai levé mon cul et j'suis partie retrouver Steve qu'était ravi de toucher mon corps. Paul, je m'en foutais. L'était tant ennuyeux, rien qu'à le regarder on pouvait tomber dans le coma. J'me suis dit de faire comme si de rien n'était mais plus je me disais ça, plus je le regardais.

Je l'ai vu poser sa guitare, sortir un carnet de sa poche et écrire un machin. Y tenait son petit carnet comme s'il avait peur qu'on lui pique. Sa frange glissait sur son front et tombait dans ses yeux mais y la repoussait pas, y continuait à écrire. Pis je l'ai vu reprende sa guitare, y jouait un air différent de la musique tout autour pis y se penchait pour écrire d'autres notes sur son carnet.

Un moment après je l'ai vu manger, boire un Coca et discuter avec Lisa. Y parlaient tout près l'un de l'autre comme si y avait qu'eux, il avait sa frange derrière ses oreilles pour mieux la bouffer des yeux. Je sais pas pourquoi mais j'avais une putain d'envie de savoir ce qu'y se disaient. Quel genre de conversation intéressait Paul ? J'me suis dit qu'y devait parler guitare mais y sont restés longtemps ensemble, Paul a posé sa guitare et l'a même pas regardée une fois de tout ce temps.

J'me suis glissée vers eux avec Steve qui me tenait et j'ai essayé d'écouter ce qu'y disaient mais j'entendais rien à cause de la musique. Steve m'a dit à l'oreille qu'y fallait qu'on soye seuls.

– Viens, il a dit. Lisa a une belle chambre toute tranquille. On peut pas se parler ici.

J'avais pas envie et ça m'énervait. Qu'est-ce que ça pouvait me foutre ce que Paul et Lisa se disaient ? Pourquoi j'voulais rester là à pas pouvoir entendre ce qu'y disaient à cause de la musique de merde alors que j'pouvais me faire Steve ?

Je l'ai attrapé par la main et je l'ai traîné vers la chambre de Lisa. On s'y est mis, le lit est vraiment devenu chaud mais j'arrivais pas à penser à ce qu'on faisait. J'pensais qu'à quand on répétait cette chanson au studio, qu'on la rendait parfaite pour Paul – qui voulait qu'on recommence tout le temps – Paul et ses grandes mains. J'savais même pas que j'avais remarqué ses mains. Des grandes mains avec des doigts plats et larges au bout qui jouaient si bien de la guitare. Et rien qu'à penser à ces mains, j'supportais pus Steve sur moi. C'était la première fois que je m'en foutais pas de savoir avec qui j'le faisais, que j'pouvais pas supporter. Je l'ai repoussé et y m'a traitée de tous les noms.

– J'crois que j'vais ête malade, j'ai dit en sortant du lit. Allons manger un truc. Tu crois que Lisa a du pain dans sa cuisine ?

Je me suis rhabillée, Steve me regardait assis dans le lit comme s'y savait pus trop où il était tout d'un coup. J'ai remis mes sandales et j'suis sortie en laissant la porte ouverte pour lui s'y voulait.

Quand je suis redescendue Paul était pus dans son coin, Lisa non pus. Z'étaient tous les deux invisibles mais la guitare de Paul était dans sa valise. J'ai demandé où ils étaient passés et quelqu'un m'a dit qu'ils étaient partis.

J'suis sortie en courant de la maison comme pour les rejoindre. J'ai regardé dans les voitures en pensant que Paul et Lisa pourraient être en train de baiser mais y avait personne. J'avais rien prévu au cas où j'les retrouverais, ce qu'était idiot pisque à cet instant j'ai entendu des voix et je les ai vus arriver de derrière la maison.

J'ai fait un bond loin de la voiture.

Y m'ont vue tous les deux et Lisa m'a demandé :

– Tu vas bien ?

– Ouais, j'ai froid, c'est tout. J'pensais me trouver un pull dans une voiture mais alles sont toutes fermées. T'as la clé, Paul ?

– Demande à Steve. C'est lui qui nous a emmenés.

Paul a même pas tourné la tête vers moi en me parlant et y sont repartis.

J'savais pas quoi faire sauf les regarder faire le tour de la maison en restant plantée là. Et quand je les ai entendus revenir, j'ai couru à l'intérieur.

Steve était assis dans le coin près de la guitare de Paul. Y chassait le dragon : y sniffait de l'héro qui brûlait dans un bout d'alu. J'ai été le rejoindre et j'ai essayé d'oublier Paul.

Chapitre trente-quatre

Le lendemain le groupe repartait à Atlanta. Y se sont tous entassés dans la voiture de Steve sauf Paul et moi. Paul conduisait le camion de location avec tous les instruments. J'ai dit que j'montais avec lui pasque j'avais jamais voyagé en camion.

Steve m'a dit :

– J'espérais que tu montes devant avec moi.

Paul a dit :

– Le camion n'a rien de spécial. En plus, si ça ne te dérange pas, j'aime bien être seul.

J'ai dit à Paul :

– Ouais ça me dérange, et c'est pas ton camion.

J'ai ouvert la portière et j'suis montée sans regarder Paul ou Steve. C'était un petit camion et Paul avait raison, ça avait rien de spécial mais j'ai quand même enlevé mes chaussures et j'ai mis mes pieds sur tableau de bord. En regardant par la vitre, je l'ai vu donner un bout de papier à Lisa. Elle lui a fait un baiser sur la joue et y se sont serré la main. Alors j'ai baissé ma fenêtre et j'ai entendu Steve demander à Paul s'y se suivaient.

Paul a dit que oui et il a ouvert la portière du conducteur. Y m'a regardée comme s'il avait oublié que j'étais là et y m'a lancé un coup d'œil comme s'il en avait déjà marre de moi alors qu'on roulait même pas encore. L'a poussé un gros soupir et y s'est installé au volant. Il a fait démarrer le camion.

J'ai sorti une cigarette. J'fumais pas vraiment sauf dans les fêtes quand on me donnait des clopes, mais là j'en avais pris deux à Steve et pisqu'on se disait rien, j'ai voulu m'occuper les mains.

— Interdit de fumer, a dit Paul.

— Hein ?

— Interdit de fumer.

— T'es pas mon toubib. J'fais c'que j'veux.

— Par égard pour moi, accepterais-tu de ne pas fumer ?

— Qu'est-ce tu dis ? Mec, j'comprends rien à comment tu causes. (J'ai rangé la cigarette et j'ai pris une plaquette de chewing-gum.) J'peux prende un chewing-gum ou c'est pas un égard pour toi ?

— Je t'en prie, il a dit en me mettant son grand bras presque dans la figure.

L'a changé de voie pour rester derrière Steve et l'a dit :

— Mais qu'est-ce qu'il trafique ?

— C'est quoi ton problème ?

— Il conduit comme si on faisait la course. Le camion n'est pas fait pour rouler à une telle vitesse. On est en train de le perdre.

— Tu sais pas le chemin pour rentrer ?

Paul m'a regardée comme si j'étais une mouche qui lui grattait le nez.

— Bien sûr que si.

– Dans ce cas, t'emmerde pas.

J'ai fait une bulle avec mon chewing-gum et j'ai souri.

Paul a ralenti.

– C'est ton mot d'ordre, apparemment.

— Hein ?

– T'emmerde pas. T'en as rien à foutre de rien, c'est ça ?

J'ai haussé les épaules et j'ai posé mes pieds par terre pour chercher mes chaussures.

– J'm'en fous des trucs débiles.

– Tu trouves que faire de la musique, c'est débile ?

– J'ai pas dit ça. J'parlais pas de la musique. Ça c'est important. Chanter c'est important pour moi, alors dis pus des conneries comme ça.

Paul a rien répondu. J'étais folle de rage, y me tapait vraiment sul système.

J'ai dit :

– Lisa et toi, vous vous êtes rentré d'dans hier soir, hein ? Vous vous êtes envoyés en l'air, c'est ça ?

Ça l'a mis sul cul. L'a retiré ses lunettes et y m'a regardée deux secondes au moins avant de se réintéresser à la route.

– Non, bien sûr que non. Je l'ai rencontrée hier. Toutes les filles ne sont pas des putes. Tu sais, je ne te comprends pas. Il y a quelque chose qui ne va pas chez toi. Pourquoi tu parles comme ça ? Quelle image tu veux donner de toi ?

– Hein ? J'veux pas donner d'image, j'veux juste ête moi.

– Et qui es-tu ?

– Quoi ? Eh mec, si tu parlais normalement

pour que j'comprenne ? J'pige pas la moitié de c'que tu dis. C'est comme si tu parlais une aute langue !

Paul s'est agité sur son siège comme si son cul le grattait.

– Je parle normalement. C'est moi qui ne comprends pas quelle langue tu parles. Tu es blanche, tu parles parfois avec un accent qu'on pourrait penser noir, mais qui m'a surtout l'air de ton invention.

– Tout le monde a sa façon de parler. On parle pas comme c'est écrit dans les livres. Sauf toi. Toi, on dirait tout le temps qu'tu parles comme si tu lisais un livre. Tes chansons, au début c'était de la poésie de merde avec plein de mots qu'personne connaît.

Paul a hoché la tête.

– Tu avais raison. J'essayais de trop bien faire. Je voulais me rendre intéressant.

– Ouais.

J'ai refoutu les pieds sur tableau de bord et j'me suis mise à ouvrir et fermer les cuisses.

Sans quitter la route des yeux, Paul a dit :

– Ta formule «Oublie ta tête et joue avec ton cœur», c'était génial.

– J'connais la musique, j'ai dit en refermant mes cuisses. J'en écris pas mais moi aussi j'ai des chansons, des bonnes.

Paul m'a regardée et a lâché un petit sourire. J'ai vu ses dents du bas qu'étaient toutes gâtées.

– Toi, tu… écris de la musique !

Il a explosé de rire.

– J't'ai dit qu'j'écrivais pas, j'chante juste comme j'entends dans ma tête.

Paul souriait toujours et j'avais envie d'arracher son nez crochu de sa figure.

– Vas-y, je t'écoute.

– J'chanterai pas pour toi.

– Oh oh.

– Qu'est-ce ça veut dire ? Qu'est-ce que ça veut dire « oh oh » ? Tu m'crois pas quand j'te dis que j'ai écrit des chansons ?

L'a haussé les épaules mais y faisait toujours ce sourire à chier.

Alors j'lui ai chanté une chanson. J'ai chanté tout bas pasqu'on était dans le camion et que d'habitude quand j'chantais mes chansons j'étais seule. J'les avais jamais chantées à quelqu'un. C'était une chanson sur maman Linda qu'allait revenir. C'était une chanson sur être couchée au lit dans le noir à attendre des pas qui venaient jamais. J'dis rien sur moi dans la chanson, j'dis pas que c'est maman Linda, que c'était ma maman que j'attendais, mais moi j'le savais, ça suffisait.

Quand j'ai fini, j'ai regardé vers Paul et j'ai su que c'était gagné. J'avais viré ce sourire de merde de sa figure.

Chapitre trente-cinq

On s'est arrêtés à un Shoney pour déjeuner. Y voulait pas pasqu'y disait que ça prendrait trop de temps de s'asseoir et de commander, y voulait juste un truc rapide qu'on pourrait manger sur la route mais j'avais une affreuse envie d'un sundae comme j'en mangeais avec Doris alors j'lai gonflé en lui disant que j'avais pas été dans un Shoney depuis que j'étais petite et il a bien voulu. Pendant qu'on attendait mon sundae et son hamburger, il a sorti du papier à musique de son cartable jaune de fille et y s'est mis à écrire.

— Tu fais jamais aute chose que travailler ? je lui ai demandé.

Il a levé la main pour me faire signe de me taire. J'ai dit :

— T'as des mains, on dirait des poêles à frire, tu l'sais ? J'sais même pas comment t'arrives à jouer de la guitare...

Paul a baissé ses lunettes et y m'a lancé un regard noir.

— Veux-tu bien ne pas faire de bruit ?

L'a continué à écrire quand son hamburger est arrivé mais j'ai pas attendu qu'il aye fini sinon mon sundae aurait tout fondu et le chocolat serait devenu tout froid.

L'a enfin arrêté d'écrire, l'a arraché la page de son carnet et y me l'a donnée.

– C'est quoi ? j'ai demandé.

– Ta chanson. La mélodie, en tout cas.

J'ai pris le papier et j'l'ai serré dans mes mains en regardant les notes qui montaient et qui descendaient sur les lignes.

– C'est vraiment ma chanson ?

Paul a hoché la tête et l'a rien dit pisqu'il avait la bouche pleine de hamburger. Quand il a avalé, il a dit :

– Attends, redonne-moi ça une seconde. Comment veux-tu l'appeler ?

Y tenait son stylo au-dessus du papier en attendant ma réponse. J'ai haussé les épaules et j'ai dit :

– « In her steps » pasque c'est dans le refrain.

– Bien.

Il a écrit le titre en haut de la page et il a mis mon nom en bas pis y m'a rendu le papier.

J'arrêtais pas de le regarder. J'avais envie de le lire mais j'ai rien dit. J'ai continué à manger mon sundae sans le quitter des yeux.

Paul a mis un doigt dessus.

– Ces cinq lignes, ça s'appelle une portée. Il y a toujours cinq lignes. Tu vois au bas de la page ? Cette sorte de dollar, c'est la clé de sol et cette sorte de « c » à l'envers, la clé de fa. Il y a donc une clé de sol ici – qu'on appelle aussi clé de soprano –, et une clé de fa ici.

J'ai dit :

— Portée, clai de sol et clai de fa.

— Clé, a épelé Paul C-L-É.

— Clé de sol et clé de fa.

— C'est ça.

— Mais les notes, j'ai dit en montrant celles qu'il avait dessinées sul papier. Pourquoi y en a des remplies comme ça, et là alles sont vides, et celle-là, c'est juste un rond ?

— Ça te dit combien de temps on tient chaque note. Tu vois cette ronde ? Tu la tiens quatre temps : un, deux, trois, quatre. (Paul a tapé quatre fois sur la table.) Fais-le.

— Ouais, facile.

J'ai tapé quate temps exactement comme lui.

— Bien, il a dit et il a lâché un sourire, et cette fois c'était pas un sourire de connard.

On est restés assis longtemps après qu'on aye fini de manger, Paul m'a appris à frapper les temps de ma chanson rien qu'en disant combien de temps faisait chaque note qu'y lisait. On tapait sur la table, les gens nous regardaient mais on en avait rien à foutre. On jouait ma chanson.

Quand on a repris la route, j'ai dit à Paul que j'avais plein d'autres chansons et y m'a demandé de lui en chanter une. Je l'ai chantée pis y m'a demandé de recommencer alors je l'ai rechantée. Pis y m'a dit de sortir son papier musique et son stylo pour que j'écrive ma chanson, qu'y me dirait quoi écrire et sur quelle ligne mette les notes. Ça m'a pris beaucoup plus de temps qu'à lui mais j'ai réussi et j'ai pas eu à m'embêter avec la clé de fa pasqu'il a dit qu'y trouverait l'harmonie après. J'ai dit :

– Comme ça t'as fait l'harmonie de l'aute chanson ?

L'a hoché la tête et sa frange lui est retombée sul front.

– Comme ça c'est comme si on l'avait écrite ensemble ? Comme si on formait une équipe.

– Non, c'est toi qui l'as écrite. Ce n'est pas très compliqué de trouver une mélodie simple mais, en effet, écrire la deuxième était un travail d'équipe.

On approchait d'Atlanta et y faisait nuit dehors pasque on était restés super longtemps au Shoney.

Paul a changé de voie pour prendre la route 285 et y m'a demandé :

– Où t'habites ?

– J'ai pas de maison.

– Mais je te dépose où ?

– J'sais pas. La seule fois que j'suis venue à Atlanta c'était l'autre semaine au Ritz-Carlton avec Mick.

– Mais d'où tu viens, Leshaya ? Où habites-tu ? Où vivais-tu avant que Mick t'emmène au Ritz ?

Paul avait un ton de voix comme s'y voulait m'ouvrir le cerveau.

J'ai dit :

– J'ai pas de maison. J'ai habité à Tuscaloosa avec un type pendant un moment mais on est pus ensemble alors j'peux pas y retourner.

– Tu as fugué ? (Y commençait à se sentir inquiet.) Où sont tes parents ?

Putain, j'me suis bien amusée sur ce coup-là !

– Quels parents ? J'ai maman Linda, j'sais pas où alle est. J'l'appelle des fois mais alle est jamais à la maison. J'connais pas mon père pisqu'alle m'a jamais dit qui c'était. Y a aussi maman Shell et papa Mitch, y m'ont kidnappée mais y sont en prison pasqu'y dealaient et qu'y m'ont kidnappée. Y a aussi ma famille d'accueil, Patsy et Pete avec leur maison puante de Mobile, et les parents d'Harmon, mais eux c'est sûr qu'y veulent pus me voir, j'leur ai fait trop d'ennuis et y me trahissent toujours à l'assistante sociale au nez de cochon. Alors desquels tu parles ?

Paul a secoué la tête comme s'y voulait se débarrasser d'un machin mais l'a rien dit.

J'ai dit :

– J'vais aller chez toi jusqu'à c'que j'trouve quequ'un d'aute à qui m'accrocher.

L'a tant secoué la tête qu'elle a failli se détacher de son cou.

– Non, je ne suis pas ton baby-sitter.

– Quoi ? Mais j'suis pas un bébé ! J'ai déjà eu un bébé alors me traite pas de bébé !

– D'accord, mais je ne veux pas que tu viennes chez moi. Je te dépose où ?

– Là. Ici.

J'ai glissé mes pieds dans mes chaussures et j'ai attrapé mon sac.

– Je ne peux pas te laisser au bord de la route !

– Qu'est-ce que ça peut foutre où tu m'laisses pisque tu te débarrasses de moi ?

Paul a frappé son volant avec le plat de la main.

– D'accord ! il a fait. D'accord !

– D'accord quoi ? D'accord j'peux aller chez toi ?

– Une nuit, il a dit. Juste une nuit.

Chapitre trente-six

J'avais jamais vu un endroit comme l'appart de Paul. D'abord quand j'ai aperçu l'immeuble sale et vieux avec des briques qui tombaient, j'me suis dit qu'à l'intérieur ça devait être en train de s'écrouler aussi alors qu'en fait le couloir venait d'être repeint en blanc, j'sentais encore l'odeur de peinture, les rampes brillaient et le parquet était ciré. J'ai alors cru que son appart allait ête archi propre tant il était perfectionniste, un peu comme maman Shell qui briquait sa maison. Et c'était rangé et propre, c'est vrai, mais y avait trop d'affaires pour que ça aye vraiment l'air nickel.

Y avait deux autres guitares, un clavier, des amplis, deux pupitres, une chaîne stéréo et deux gros placards où y m'a dit qu'y avait toutes ses partitions, des vinyles, des CD et des livres partout. Y avait des étagères jusqu'au plafond avec des albums et d'autres avec des livres. Y avait même une petite table fabriquée avec des livres et une planche. Et y avait une télé, un magnétoscope et aussi un ordinateur. Tout ça dans une pièce en plus d'un canapé et de deux fauteuils. Derrière, y avait sa chambre qu'était sombre, petite et sans fenêtre avec juste la place pour son petit lit et des étagères jusqu'au plafond pasqu'en l'air, c'était le seul endroit où y avait un peu de place.

J'ai regardé partout et j'ai dit :

– C'est à toi tout ça ?

Il a demandé :

– Quoi ? Ce qu'il y a dans l'appartement ? Bien sûr.

– T'as lu tous ces livres ?

Paul a haussé les épaules.

– La plupart. Mais j'avoue n'en avoir jamais ouvert certains.

J'ai pris un disque sur une étagère. Y avait des trucs pour séparer les différentes musiques, jazz, blues, ragtime, rock et classique. J'ai regardé la pochette de celui que j'avais pris.

– Eh, Kind of Blue ! j'ai dit. C'est un disque de Kind of Blue ! C'était mon groupe !

Paul m'a pris l'album des mains.

– Ce n'est pas ton groupe. C'est Miles Davis. Ils ont sans doute tiré leur nom de là. C'est un album célèbre.

Il a sorti le disque de sa pochette, il a mis le doigt dans le petit trou et le pouce sul bord, et lentement, comme si y faisait d'abord une prière, y l'a posé sur la platine.

Le son était grave, fort et funky, et en une seconde j'étais chaude. J'ai commencé à me trémousser et à danser sur la musique et Paul m'a laissée pasqu'y l'avait faim et qu'y voulait manger. Mais je m'en foutais, j'avais besoin de personne.

J'pouvais me faire l'amour toute seule avec un son qui pulsait comme ça.

Paul m'a dit que j'pouvais passer la nuit sul canapé mais j'ai pas dormi et j'ai pas eu besoin de drogue. Ptête que j'avais des restes de la fête en moi pasque j'ai écouté ses disques toute la nuit. J'ai écouté Miles Davis trois fois. Et aussi John Coltrane, Duke Ellington, Benny Goodman, Charlie Parker et Herbie Hancock dans la partie jazz. J'me suis dit que j'pourrais faire qu'écouter pendant des jours jusqu'à ce que j'connaisse tous les albums de sa collection. J'avais jamais entendu ces musiciens, j'connaissais que les dames. Y avait aussi les dames, même les vieux morceaux que j'avais pas entendus depuis mon kidnapping.

Au milieu de la nuit, j'ai réécouté Miles Davis et j'ai été regarder Paul dormir dans sa chambre. J'voyais pas vraiment à part une forme sombre et sa tête dans le noir que j'ai regardée pendant longtemps. J'me demandais ce que ça ferait d'être à sa place et d'savoir tout ce qu'y savait.

Pis une idée m'a prise, j'avais envie de lui défoncer la tête alors j'suis vite partie chercher du pain dans la cuisine. J'en ai pas trouvé alors je me suis assise par terre et j'ai pleuré. Ça devait être la musique qui m'faisait pleurer pasque j'avais pas pleuré comme ça depuis très, très longtemps.

Chapitre trente-sept

Le matin Paul est sorti de sa chambre avec un pantalon de jogging et un vieux T-shirt ; les cheveux tout droits pasqu'il avait dormi dessus. J'écoutais Carla Bley en mangeant une glace au chocolat. Y m'a lancé un coup d'œil et y m'a fait un signe de la main pis il est parti en zigzaguant vers la salle de bains. J'ai entendu le bruit de la douche. Dix minutes plus tard alors que j'mangeais ma troisième glace en écoutant Anita O'Day, il est ressorti avec une serviette autour de la taille et l'a disparu sur la pointe des pieds dans sa chambre avec de la vapeur derrière lui. L'avait des belles épaules et la poitrine enfoncée comme s'il avait pris un coup de poing et que ça avait laissé un trou. Ça faisait un truc bizarre et j'me suis demandé s'y respirait bien.

Quand il est ressorti, y portait un costume bleu foncé.

J'ai fait le tour du bar qu'était le seul machin qui séparait la petite cuisine du reste de l'appart et j'ai explosé de rire en le voyant tout bien habillé.

– Où tu vas comme ça ? j'ai demandé.
– Au travail.
– Quel travail tu fais ? Croque-mort ?

Paul a tiré sa chemise sous sa veste pour faire plus descendre les manches.

– Je m'occupe d'un magasin de musique. Normalement je ne m'habille pas comme ça, mais aujourd'hui j'ai rendez-vous avec les propriétaires.

– Ah. J'peux prende une douche ?

– Vas-y.

J'ai commencé à me déshabiller et Paul a dit :
– S'il te plaît.

Je lui ai balancé ma chemise.

– Où c'est que j'peux m'déshabiller si j'ai pas de chambre ? Et d'abord pourquoi t'as peur de moi ?

Paul a posé ma chemise sul bar et s'est approché des placards de la cuisine.

– Un, tu es mineure. Deux, je n'ai pas peur *de* toi, j'ai peur *pour* toi. Tu te jettes sur tous les hommes qui passent. Quelqu'un pourrait vraiment te faire du mal.

Paul a pris du muesli sur une étagère.

J'suis restée toute nue avec mes mains sur les hanches et j'lui ai fait un grand sourire.

Il a fermé les yeux et l'a cherché un bol dans les placards. Mais il a lâché le bol qui s'est cassé sul bar.

– S'il te plaît va prendre ta douche, il a dit d'une grosse voix en essayant de ramasser les morceaux.

– Y a personne qui peut me faire du mal. Y a rien en moi qui sent la douleur.

– Au contraire, ma chère, il a dit en me regardant droit dans les yeux. Chaque parole que tu chantes est imbibée de douleur.

Chapitre trente-huit

Quand j'suis sortie de la douche, Paul était parti. J'ai trouvé mes vêtements pliés sur canapé avec un livre. Au stylo en haut à droite, y avait écrit mon nom, Leshaya.

– C'est pour moi? j'ai demandé comme si Paul était encore là.

Sur la couverture y avait écrit *Théorie et composition musicale pour débutants*.

Je l'ai ouvert mais j'savais déjà toute la première page pasque Paul me l'avait apprise. Alors j'ai posé le livre et j'ai été à la seule armoire de l'appart où je me suis trouvé un jean et un T-shirt bleu foncé à Paul. Le jean était trop grand et trop long mais ça allait si je mettais une ceinture et que je le retroussais. Le T-shirt aussi était trop grand. Je me suis blottie dedans, j'ai mis Albert Collins que j'ai trouvé dans la partie blues et je me suis installée sul canapé avec mon livre.

Je me suis endormie, pas pasque c'était ennuyeux mais pasque ça faisait presque deux jours et deux nuits que j'avais pas dormi. Quand je me suis réveillée, y avait pas un bruit dans la pièce pisque le disque était fini depuis longtemps, alors je l'ai remis. J'aimais pas le silence et de toute façon j'entendais jamais vraiment la première fois que j'écoutais un disque.

J'ai cherché un truc à manger dans le frigo, j'ai trouvé du fromage et j'ai recommencé à étudier mon livre de musique.

Des fois quand je levais la tête pour réfléchir, je regardais les autres livres et j'voulais aller voir de quoi y parlaient mais je le faisais pas pasque j'avais trop peur que les livres soyent comme Paul, pleins de mots que j'connaissais pas et que je comprendrais jamais.

Quand Paul est rentré, y sautillait sur place. L'avait rapporté de la nourriture chinoise toute prête.

J'ai dit :

— T'as l'air content.

Il a posé le sac sul bar.

— Mon rendez-vous s'est bien passé. Et puis j'ai eu un coup de téléphone de Mick. On devrait entendre notre chanson à la radio avant la fin du mois, et il nous cherche un gros concert à New York.

J'ai bondi et je l'ai pris dans mes bras, y m'a serrée très vite pis y m'a repoussée. Il a vu comment j'étais habillée et il a dit :

— C'est à moi, d'un ton neutre, juste pour le dire, sans m'accuser de l'avoir volé ni rien.

J'ai dit :

— Ouais. Regarde où j'en suis arrivée dans ton bouquin. (J'ai pris le livre de musique et je lui ai montré le papier où j'avais écrit dessus.) Regarde, je fais mes notes comme toi. J'me souviens que tu m'as dit que tu faisais pas des petits cercles et pis que tu les remplissais pasque sinon ça faisait *armateur*.

– *Amateur*, tu veux dire. Oui, continue.

– Alors, tu vois, j'ai fait des petits ronds. Ça c'est le *fa*, le *la*, le *do*, le *mi*. C'est les notes toutes seules, et là y a *mi sol si ré fa* sur les lignes.

Paul a regardé mes pages en souriant un peu. Pis il a dit :

– Et si tu allais les jouer au clavier ?

– Hein ? Et j'fais comment ? J'ai voulu essayer aujourd'hui mais y a eu aucun son même quand j'l'ai allumé.

Paul s'est approché du clavier ente deux fenêtres et y m'a montré comment le connecter aux amplis. Pis y m'a montré comment trouver le do du milieu et jouer comme si on disait l'alphabet, sauf qu'y avait que sept notes, *do ré mi fa sol la si*, *do ré mi fa sol la si*.

Y m'a aidée à replier mes doigts comme y fallait sur les touches et y m'a montré comment j'devais tenir les poignets au-dessus du clavier comme les pros. Il a dit :

– Tant qu'à faire, autant apprendre correctement tout de suite.

Pis quand je l'ai fait deux fois, il a dit que la musique c'était vraiment une seconde nature chez moi.

J'ai rejoué et ensuite j'ai sauté de note en note comme y me disait. Pis j'ai joué *do mi sol* ensemble, ce qui faisait un accord qui sonnait bien. J'ai pas voulu m'arrêter pour manger les trucs chinois. De toute façon, je digérais pas le fromage que j'avais mangé toute la journée.

Le clavier était trop génial. Y suffisait d'appuyer sur un bouton et c'était comme si y avait tout un groupe qui jouait *do ré mi fa sol la si* avec moi.

Paul m'a laissée au clavier pendant qu'y réchauffait le dîner chinois. Pis l'a dit que j'devais manger si je voulais avoir l'énergie d'apprendre d'autres choses le lendemain, et aussi que j'avais besoin de bien dormir pour que mon cerveau puisse bien travailler.

– Tu ne peux pas apprendre correctement si ton corps n'est pas bien nourri et que tu ne dors pas assez, il a dit.

Et de toute la soirée, il a pas dit que j'devais aller habiter ailleurs.

Chapitre trente-neuf

J'ai pas beaucoup mangé. D'abord j'avais juste envie de jouer au clavier et pis j'ai senti que j'allais être malade alors j'ai quitté la table. J'ai passé la moitié de la nuit aux toilettes. Ça m'a tant fatiguée que j'me suis endormie et réveillée juste pour être encore malade.

Paul s'est levé avec moi et m'a donné une petite serviette humide pour que je m'essuie la figure, l'a dit que c'était sans doute toutes les drogues que j'avais prises qui quittaient mon corps.

J'ai dit que dans ce cas, j'avais intérêt à me trouver un truc à sniffer vite fait pasque j'voulais pus être malade comme ça. C'était plus atroce que quand j'étais enceinte.

Paul a eu peur que je sniffe sa mousse à raser ou j'sais quoi alors l'est resté près de moi sul canapé dans le noir jusqu'à ce que j'm'endorme.

Quand je me suis réveillée je l'ai vu sortir de la salle de bains avec sa serviette à la taille et son trou dans la poitrine. Je l'ai regardé aller à son armoire pour prendre des vêtements, je me suis levée et je me suis glissée derrière lui. Quand y s'est retourné, j'ai touché sa poitrine.

L'a fait un bond en arrière comme si je l'avais touché avec un fer brûlant.

– Qu'est-ce que tu fabriques ? il a dit d'une voix vraiment pas contente.

– C'est quoi ce trou ? Comment tu respires avec un creux comme ça dans la poitrine ?

– Très bien. Je suis né comme ça, ce n'est pas grave.

– Mais c'est affreux.

– Merci beaucoup.

Il est parti vers sa chambre.

– Dommage pasque sinon tout le reste est bien chez toi, j'ai dit dans son dos.

Y s'est retourné pour dire :

– Chaque corps a ses défauts.

– Pas le mien.

J'ai levé les bras comme si j'portais une jolie chemise de nuit alors que j'avais que son grand T-shirt.

Y voyait rien de mon corps mais il a quand même dit :

– Je ne veux surtout pas être comme ça !

– C'est quoi ton problème avec mon corps ?

– Déjà, tu es blafarde comme une droguée.

– J'suis pas droguée. J'suis juste malade. J'ai rien pris depuis la fête.

– Eh bien, tu as la peau jaune.

– C'est pasque j'ai du sang noir.

– Impossible !

Paul s'est retourné et il a ri jusqu'à ce qu'y referme la porte de sa chambre. J'ai été taper dessus.

– C'est pas impossibe si c'est vrai, connard !

Il a crié :

– Tu as des cheveux si blonds qu'ils sont presque blancs et fins comme ceux d'un bébé, et tes yeux sont bleus ! Et ta peau, quand sa couleur n'est pas faussée par la drogue, est tellement claire qu'elle en deviendrait presque translucide ! Tu n'as pas le moindre trait africain !

– J'ai des grosses lèvres et un beau cul ! j'ai crié vers la porte.

– J'ai des lèvres plus grosses que toi, et ton cul n'a rien de beau !

– J'croyais que tu le regardais pas, 'spèce de taré mental !

Je me suis éloignée de la porte et je me suis mise au clavier. J'ai allumé le machin, j'ai mis le bouton de la bande-son à fond et j'ai commencé mon accord.

J'avais jamais vu quelqu'un arriver si vite que Paul. L'a viré ma main du clavier et l'a secouée si fort que j'ai cru qu'elle allait s'arracher.

– Ce n'est pas un jouet ! il a hurlé. Tu traites tout ce qui m'appartient avec respect ou tu sors d'ici ! Tout ce qui est ici, j'ai travaillé dur pour l'avoir ! Il y a toute ma vie dans cet appartement, toute ma vie ! Et je prends ma vie très au sérieux ! C'est compris ?

J'ai clignoté des yeux. Y serrait toujours mon poignet dans sa main.

– Ouais, j'comprends. J'avais encore jamais rencontré quequ'un comme toi qui sait c'que ça m'fait de chanter. À part toi, j'ai jamais rencontré quequ'un qu'aimait la musique comme moi.

216

Y m'a lâché la main. J'ai baissé les yeux vers le clavier.

– J'suis désolée. J'le referai plus. D'toute façon, ça m'a donné mal à la tête.

C'était la première fois que je me sentais désolée.

Chapitre quarante

J'ai été à la fois bien et pas bien toute la première semaine où j'suis restée chez Paul. Je savais que si j'avais eu de l'héroïne ou un autre truc j'aurais été mieux un moment mais j'avais pas la force de quitter l'appart pour en chercher. Et aussi Paul avait dit que si je buvais ou que j'me droguais chez lui, j'étais dehors. Je lui ai dit que les menaces ça marchait pas avec moi, que s'il voulait que j'parte, l'avait qu'à le dire.

Une nuit je me suis réveillée et j'ai vu qu'il me regardait alors j'ai roulé sul dos et j'ai demandé :

– Pourquoi tu m'laisses rester ici en fait ?

Il a été à son clavier et il a joué un peu. Pis il a dit en même temps qu'il haussait les épaules :

– J'aime bien t'apprendre la musique. Tu comprends vite, tu es tellement dedans. Et ça me plaît. (Y s'est tourné et y m'a regardée.) Tu es pour moi une énigme que je n'arrive pas à résoudre.

Je croyais que « énigme » c'était une insulte mais y m'a expliqué que c'était un peu comme un puzzle. Quand il a dit ça j'ai pensé aux puzzles que petit Samson James avait dans sa salle de jeux. J'aimais bien les prendre dans ma chambre pour jouer avec alors j'me suis dit qu'en fait, Paul jouait avec moi. Y jouait au prof de musique mais j'm'en foutais pasque j'apprenais des trucs intéressants et que j'me droguais pas ni rien. Je voulais pas être mise dehors.

De toute façon pendant un bon moment j'ai été vraiment trop fatiguée et trop malade pour faire autre chose que vomir dans les toilettes ou dormir sul canapé. La deuxième semaine, j'me sentais beaucoup mieux mais j'étais toujours pas sortie de l'appart et je dormais beaucoup. Paul m'a dit que mon rythme de sommeil était déréglé pisque j'dormais la journée et que j'traînais comme une voleuse la nuit, que j'devais me forcer à rester éveillée le jour jusqu'à ce que j'aye retrouvé un bon rythme. J'lui ai pas dit que j'avais jamais eu un bon rythme et que c'était pas simplement les vieilles drogues qui me faisaient dormir comme ça. J'dormais tout le temps pasque pour la première fois de ma vie, j'avais pas besoin de surveiller quelle merde allait me tomber dessus. J'avais jamais su ce que c'était de se sentir en sécurité sauf dans les bras d'Harmon ou quand j'fumais de l'héro. L'héro, c'était la seule chose qui faisait que j'me sentais protégée jusqu'à ce que j'habite chez Paul.

Chez lui c'était chaud et confortable et c'était bon d'ête sul canapé avec la couverture jaune soleil qu'y m'avait donnée, à écouter de la bonne musique et à attendre qu'y rentre avec de la nourriture chaude. Et même s'y faisait attention à tout, surtout à un truc qui s'appelait des glutamates qu'y voulait pas avoir dans sa nourriture même si ça se voyait pas, lui aussi y se sentait bien. Y pensait tout le temps à moi, y m'apprenait des trucs de musique, y me donnait des vitamines tous les matins. Y me laissait mettre ses vêtements et y voulait que j'dorme bien sul canapé et surtout, y me laissait écouter ses disques.

Quand j'ai pus été malade, j'ai juste eu envie de bien dormir au chaud, de jouer sul clavier, d'étudier mon livre et d'écouter ses disques. Paul m'a donné plein d'autres bouquins à lire. On aurait dit qu'on avait jamais fini d'apprendre avec la musique. Bien sûr j'pouvais pas garder tous les livres qu'y me donnait – c'étaient des prêts, qu'y disait – mais j'aimais comment y me faisait confiance. Y me faisait confiance pour tout chez lui, y regardait jamais si des trucs manquaient dans son appart.

Les deux premières semaines j'ai travaillé à apprendre la théorie. Quand Paul rentrait du travail, d'abord on mangeait ce qu'il avait rapporté pis y contrôlait ce que j'avais lu dans mon livre de théorie et dans les bouquins de piano qu'y m'avait prêtés. Des fois après ça on allait chez un de ses amis répéter avec son groupe, pasque le week-end y jouaient dans des cafés et des clubs. Et Paul arrêtait pas de me dire comme si j'étais débile que si j'voulais chanter avec son groupe, j'devais ête straight, pas prendre de drogue ni d'alcool.

J'avais pas envie de tout gâcher mais j'en ai eu marre qu'y me parle tout le temps de ça comme si j'allais forcément me shooter alors j'ai dit :

– Tu peux pas m'donner des ordres tout le temps. Sans moi, t'as pus de groupe. Mick fera pas New York sans moi. Et un groupe joue pas bien si on est pas shootés. J'en ai jamais entendu qui jouaient sans ête shootés.

Paul a répondu, avec sa figure qui devenait toute rouge :

– Tu veux chanter avec ce groupe, tu restes clean, point final ! Et ne te crois pas irremplaçable parce que personne ne l'est !

Je suis restée clean un moment et pis tout est arrivé en même temps.

D'abord Paul m'a dit de pas m'approcher de Jed, le batteur, pasqu'y faisait des histoires.

Moi si on me dit de pas regarder, j'peux pus faire que ça. J'aurais jamais remarqué Jed derrière toutes ses batteries si Paul me l'avait pas interdit : il était blanc et d'habitude les Blancs m'intéressent pas.

En fait, Jed buvait. Y faisait tout le temps la fête, y buvait et y se camait, y se mettait dans un état si terrible qu'y pouvait pus jouer et le groupe a dû annuler des concerts à cause de ça. C'est pour ça que Lisa avait tenu la batterie quand on avait enregistré à Shoals : Jed se défonçait la gueule à ce moment-là.

J'ai dit à Paul de laisser tomber le type s'y pouvait pas jouer : des batteurs y en avait partout. Mais Paul a dit que Jed était son ami de quand il était petit et qu'y se connaissaient depuis trop longtemps. Il a dit qu'il était important pour lui mais moi j'voyais juste que ça collait pas entre eux et qu'ils auraient été tous les deux mieux l'un sans l'autre.

Du coup quand Paul regardait pas, j'matais Jed. Le type avait une grosse tête, on aurait dit une tête de cheval à cause de ses cheveux, de ses yeux marron et de ses dents qu'étaient toutes de la même taille, grandes. L'avait des cheveux longs et brillants comme une fille et l'air grand derrière sa batterie alors que quand y se levait, l'était juste normal. Je lui faisais un regard coquin et y me rendait mon clin d'œil. Au début, c'était tout.

Pis y a eu un autre truc. Lisa a appelé Paul et y l'a invitée à venir passer le week-end.

Je l'ai entendu dire ça au téléphone et quand il a raccroché j'ai dit :

— Et alle va dormir où, cette connasse ? Y a pas de place pour elle ici. Y en a déjà presque pas pour moi.

Y faisait à peine attention à moi pasqu'y pensait toujours à son coup de fil. Lui a fallu quelques secondes pour m'entendre.

— Oh, ce n'est pas un problème, il a dit. Le canapé se transforme en lit, vous pourrez y dormir toutes les deux.

— Et pis quoi encore ? Et comment ça se fait que j'dors comme ça s'y fait aussi lit ?

Y s'est mis dans un fauteuil comme s'il était trop fatigué pour parler, il a laissé retomber sa tête et m'a dit :

— C'est plus confortable quand il est en position canapé. Il y a une barre sous le matelas qui n'est pas très agréable. (Il a relevé la tête.) Si tu préfères, vous pouvez prendre le matelas et dormir directement par terre.

— Pas question que j'dorme avec elle ! Alle a mauvaise haleine et alle pue !

Paul a ri.

— Mais non. D'accord, on dormira ici et tu prendras mon lit.

J'ai bondi du clavier où j'étais et j'ai dit :

– Alors j'dors avec elle pasque cette fille alle a peur des hommes.

Paul a secoué la tête.

– N'importe quoi.

Le troisième truc, c'est que notre chanson passait à la radio et qu'on allait partir en tournée !

Lisa était là quand c'est arrivé alors elle a fait la fête avec nous. Paul et elle avaient l'air bourrés pourtant z'avaient bu que du Coca. Y faisaient tous les idiots, y riaient, applaudissaient et écoutaient la radio en attendant que la chanson repasse. Les deux seuls qu'avaient pas l'air heureux c'étaient Jed et moi. J'avais écouté Paul et Lisa parler toute la journée, j'avais rien pu dire pasqu'y discutaient de fac, de livres et de ce machin, le Moyen-Orient. Paul arrêtait pas de prononcer le mot résonance et ça m'énervait pasque ça voulait dire quoi, ce truc ? Il a pris un livre sur une étagère et y l'a donné à Lisa, il a dit que ce livre avait vraiment des résonances en lui. Et pis il lui a joué une chanson et il a dit que ça avait des résonances particulières, surtout le refrain. Et pendant qu'on traversait cet horrible parc qu'avait plus de déchets par terre que de fleurs, il a dit comment les montagnes lui manquaient, et il a récité un long poème en disant que ça avait vraiment de multiples résonances.

J'ai dit :

– Tu sais quoi, Paul, ton cul a vraiment plein de résonances.

Lisa et lui y se sont regardés et ont éclaté de rire comme si c'était une blague qu'y avait qu'eux qui pouvaient comprendre et que cette blague, c'était moi ! J'avais envie de leur arracher la tête pasqu'y se foutaient de ma gueule et j'ai rien dit pendant qu'on traversait le jardin poubelle, que Luckie est arrivé et a dit que notre chanson passait juste à la radio sur une bonne station de jazz et de blues.

Et là Jed a eu les boules pasque c'était pas lui qui jouait de la batterie sul disque, et que personne savait s'y venait à New York avec nous, que ptête ça serait Lisa. Alors on était deux à pas aimer Lisa et on a pas fait la fête même quand les pizzas, la bière et le Coca sont arrivés.

On était tous chez Luckie qu'avait un appart au-dessus d'un truc de bureaux. Ça s'appelait un loft pasque c'était une seule grande pièce qu'il avait séparée avec des draps et des grandes bibiothèques. C'était vraiment immense et j'savais que Paul me verrait pas alors j'ai été vers Jed et je lui ai demandé s'il avait pas autre chose que du Coca et de la bière.

Il a fait son grand sourire de cheval pis y m'a tirée par le bras et on est partis. On a d'abord été chez lui, qu'était vraiment un trou dégueu. J'me suis assise sur un canapé marron qu'aurait pu venir de la maison puante de Patsy et Pete tant y sentait mauvais. Jed a couru à sa salle de bains et il est revenu avec des médicaments. Il a agité le flacon sous mes yeux et je me suis écartée.

– C'est quoi ? j'ai demandé.

– J'ai piqué ça à la pharmacie où j'bosse. C'est des tranquillisants. T'en veux ?

Je l'ai envoyé chier, lui et ses comprimés débiles.

– C'est pas des trucs pour dormir que j'veux, j'ai dit. J'veux des trucs pour ête bien. T'as pas un machin pour me faire danser et chanter dans ton bouge ?

Jed a retiré le couvercle des médocs et en a mis plusieurs dans sa bouche pis il a dit :

— J'ai pas grand-chose ici, juste de la vodka. Le reste, faut le trouver ailleurs.

— De la vodka, c'est pas mal pour commencer mais ça a rien d'extra. Pourquoi tu m'as amenée ici si t'as rien d'aute, bordel ?

Y m'a fait un clin d'œil et il a attrapé la bouteille de vodka qu'était sous le canapé. Pour ça y s'est couché par terre à mes pieds. J'ai pas compris ce que ce crétin faisait alors j'ai essayé de me pousser et j'suis tombée sur lui. Ça lui a plu. Y m'a coincée avec ses jambes pour que j'puisse pus me relever. On est restés comme ça par terre pour boire, on a descendu la bouteille d'un coup et j'ai senti que ça devenait tout doux et tout chaud en moi. Jed a voulu se rapprocher quand il a vu comment j'étais dans les vapes mais c'était pas question que j'retire mes vêtements dans son trou puant. Alors on a été dans le quartier qu'on habitait Paul et moi et on a acheté de la bonne came.

Pis on a été au beau et propre appart de Paul, j'ai mis de la musique chaude et j'ai commencé à danser en matant Jed, mais l'était déjà trop shooté. Y transpirait beaucoup de la tête. Il était vraiment pâle aussi, et je lui ai dit qu'y ferait ptête bien de se coucher un moment pasqu'il avait pas l'air en forme. Il écartait le col de sa chemise comme si ça l'étranglait et y me disait de pas s'en faire pour lui. Pis il a été dans la salle de bains, j'me suis mise sul canapé et moi aussi je me sentais bizarre. J'ai regardé les étagères de livres et j'ai vu le soleil se lever. Tout d'un coup y avait un soleil de toutes les couleurs de l'arc-en-ciel qui faisaient comme des doigts sur les livres alors j'me suis allongée et j'ai chanté pour le soleil.

Quand Paul et Lisa sont rentrés, j'étais couchée sul bar, les pieds en l'air. J'me souviens pas ce que j'ai dit, mais ça a tant énervé Paul qu'y m'a tirée par les pieds. Je suis tombée par terre et j'ai eu des bleus sur les jambes pendant des semaines.

Je me souviens que Paul a demandé où était Jed, j'ai dit dans la salle de bains mais Jed était pas du tout là. L'était sul lit de Paul. Mort.

Chapitre quarante et un

C'est pas de bol que c'est pas moi qu'étais morte pasque c'est moi qu'a eu les ennuis. Comme si c'était moi qui l'avais tué. J'suis partie à l'hôpital dans l'ambulance avec Jed et les docteurs m'ont lavé l'estomac, ce qu'est vraiment un truc atroce. Pis une femme docteur est venue et m'a dit que Jed avait sans doute pris une mauvaise drogue et que j'avais beaucoup de chance d'ête encore vivante. Pis la police a voulu savoir où on avait acheté la came et m'a posé plein de questions sur Jed et même si j'savais pas répondre, y me les reposaient comme si j'mentais.

Je voyais Paul dans le couloir devant ma chambre mais il est jamais entré et y m'a pas parlé jusqu'à ce que j'aye le droit de quitter l'hôpital.

Dans la voiture j'ai dit que j'étais vraiment désolée mais que c'était pas ma faute, et Paul a dit très fort et d'un ton très dur :

– Tais-toi !

Alors j'ai pus rien dit. À son appart, Lisa nous

attendait avec un peignoir rose et des pantoufles, une vraie petite bonne femme.

– Qu'est-ce qui s'est passé ? elle a demandé. Tout va bien ?

Paul a pas voulu répondre. Je voyais comment y serrait les mâchoires si fort qu'on voyait les muscles sous sa peau. Y m'a dit :

– Fais ton sac et va-t'en.

Lisa et moi on a parlé en même temps. Elle a dit :

– Paul, il est plus de minuit ! Tu ne peux pas la mettre dehors comme ça !

J'ai dit :

– Et j'vais où ? J'ai pas d'endroit où aller.

Paul se tirait les cheveux tant il était en colère, j'avais jamais vu personne faire ça. Y grognait et y s'arrachait lui-même les cheveux. Pis y m'a hurlé à la figure :

– Tire-toi ! Tire-toi ! Tire-toi !

Alors je me suis tirée. J'ai rien pris sauf les affaires que je portais, mais j'ai pas été loin. Je me suis couchée devant sa porte et je me suis endormie dès que ma tête a touché le plancher pourtant froid.

Je me suis réveillée quand j'ai entendu Lisa dire :

– Oh mon Dieu !

J'ai ouvert les yeux et j'ai vu Paul et Lisa debout devant moi. J'ai gémi. J'avais mal partout jusque dans l'estomac. Je me suis assise et Paul a reculé dans l'appart. Lisa s'est accroupie près de moi. Elle a demandé :

– Tu vas bien ? Laisse-moi t'aider à te relever.

Je voulais pas que la bonne femme de Paul m'aide, alors je l'ai repoussée et j'ai dit :

– J'irais bien si t'arrêtais de puer d'la gueule près de moi.

Lisa a regardé Paul et a demandé :

– Tu veux que je reste ?

Paul a dit :

– Non, je peux me sortir de ça tout seul.

J'ai dit :

– J'suis pas un « ça ».

Paul a dit :

– Lève-toi et rentre dans l'appartement.

Il avait une voix dure mais en même temps plate et fatiguée, comme s'y s'en foutait de ce que j'faisais.

J'ai gémi, je me suis levée et je suis entrée. Lisa et lui se sont dit au revoir en se murmurant des trucs à l'oreille pis y se sont embrassés très vite. Paul est rentré dans l'appart avec moi.

– Tu ne peux pas rester ici, il a dit.

Y portait toujours son pantalon de jogging et son T-shirt, et ses cheveux étaient tout dressés sur sa tête. L'était vraiment furieux mais avec ses cheveux comme ça, y me faisait pas peur.

Il a été au bar chercher toutes mes affaires emballées.

– J'ai mis tes vêtements là-dedans, il a dit en tapant sur un sac à dos. Et je t'ai mis de l'argent dans la poche du devant. Tu peux garder le sac.

Je me suis avancée dans la pièce.

– J'ai pas besoin de ton argent et de ton sac. J'peux m'trouver un boulot comme j'veux, j'ai pas besoin de ce putain de concert à New York pour m'faire de la thune. J'peux m'occuper de moi toute seule !

– C'est ça, oui.

– Je m'en suis bien sortie toutes ces années sans toi, j'peux continuer ! Mais merci pour tes leçons de musique, c'était génial.

J'ai pris le sac sul bar et je l'ai mis sur mes épaules. Paul a croisé les bras et a dit :

– Ouais, *c'était* vraiment bien. Pourquoi il a fallu que tu gâches tout ?

– C'est toi qu'as tout gâché. C'est toi qu'as fait venir Lisa.

Paul a lâché un grand soupir et a secoué la tête comme s'y savait pas quoi dire.

J'ai regardé ses pieds. Il avait des grands orteils tout tordus comme s'il avait toujours mis des chaussures trop petites. J'ai haussé les épaules et j'ai dit tout bas :

– J'sais pas pourquoi j'gâche toujours tout. J'm'en rends compte que quand c'est trop tard. J'sais pas pourquoi c'est ma faute si Jed est mort. J'sais pas.

J'ai regardé Paul et il a laissé retomber ses bras. On aurait dit que tout son corps retombait.

– La drogue, Leshaya, la drogue ! On avait un accord, tu te souviens ? Je croyais que tu aimais être ici ! Je croyais que tu avais envie de changer !

– J'ai jamais donné d'accord et c'est pas moi qu'a fait prende des médocs à Jed. Y l'a fait tout seul. Tu veux que ça soye moi la coupabe pasque t'as les boules qu'y soye mort.

Paul a explosé quand j'ai dit ça. Il agitait les bras en disant :

– Oui j'ai les boules ! C'était mon plus vieil ami ! Tu as tué mon meilleur ami et tu n'as pas une once de remords !

– J'ai tué personne ! Si c'était ton meilleur pote,

230

alors pourquoi tu l'as pas aidé? Pourquoi tu l'as laissé s'défoncer comme ça? Pourquoi tu l'as pas foutu en désintox si tu t'intéressais tant à lui? C'était toi son meilleur pote!

Paul est devenu fou de rage.

— Et comment je pouvais l'arrêter? Qu'est-ce que je pouvais faire? Vous attacher tous les deux?

— Et moi, qu'est-ce que j'devais faire? Pourquoi c'est ma faute juste pasque j'étais avec lui? Comment j'pouvais savoir que ces médocs allaient pas avec l'alcool? Et si on était tous les deux morts? Si j'avais pris ces comprimés, moi aussi? À qui ça serait la faute, alors? À toi! On était chez toi, j'habitais chez toi! Si tu penses comme ça, ça serait ta faute! Tout serait ta faute!

Paul a levé les mains et a dit :

— D'accord, on arrête. D'accord, tu as raison, ce n'était pas seulement ta faute.

— Putain ouais!

— Mais ce que tu as fait, tu en es responsable.

Je me sentais trop fatiguée pour tenir debout alors je me suis affalée sur une chaise en me disant qu'il allait hurler mais non. Y s'est juste planté devant moi et il a continué à parler et à crier avec ses mains qui s'agitaient pour l'aider à dire ce qu'y voulait dire. Y disait :

— Ce que tu fais a des conséquences sur les autres! Tu poses des problèmes au groupe et à moi! Ce voyage à New York, tu t'en souviens? Cela t'arrive de penser à ce qui va se passer la seconde d'après? (Il a attrapé un coussin et l'a jeté sul canapé.) Ce que tu fais concerne tous ceux pour qui tu comptes, pas seulement toi! Tu comprends ça?

— Eh ben la liste est pas longue. Y a personne pour qui j'compte, alors j'ai pas à m'inquiéter d'à qui j'cause du souci!

— Argh! a fait Paul, ou un truc comme ça. Tu ne laisses personne t'aimer. Tu ne laisses personne s'approcher!

— Ouais, c'est ça, c'est encore ma faute. C'est drôle comment c'est toujours ma faute.

Il a levé les mains.

— Et c'est la faute à qui, si c'est pas la tienne? Putain! Putain! (Y s'est laissé tomber sul canapé. Y regardait le plafond, la tête complètement penchée en arrière. Pis y s'est assis face à moi.) Tu fonctionnes comme si tu étais seule! Comme si le monde entier était contre toi! Même si ta vie n'a pas été facile, tu n'es pas pour autant dispensée de responsabilités! Que cela te plaise ou non, tu vis en société!

— Ouais, et alors? j'ai dit et j'ai haussé les épaules pasque j'comprenais pas vraiment ce que ça voulait dire «vivre en société».

Mais il a dû croire que j'en avais rien à foutre de ce qu'y disait pasqu'il a bondi du canapé comme si je venais de lui écraser le dernier nerf qu'il avait encore. Il avait les poings serrés comme s'il s'empêchait de me taper et ses veines ressortaient sur son cou.

— Tire-toi! il a hurlé en levant ses bras pleins de colère et en montrant la porte. Prends tes affaires et tire-toi!

Je savais qu'y me laisserait pas revenir alors j'ai pris mes sacs et j'suis partie.

Chapitre quarante-deux

J'ai été à pied jusqu'au *Krispy Crème Doughnut* où j'ai acheté un sac de beignets et un café pis j'ai été dans le parc poubelle. Y faisait froid pour ce que j'portais : le jean noir de Paul et son T-shirt blanc. Le ciel était gris, y avait rien sur les arbres et pas d'oiseau qui chantait. Y avait personne dans le parc à part moi. J'ai avalé mon dernier beignet et j'ai jeté le sac et le café par terre avec les autres déchets. J'ai ramassé le sac à dos de Paul et le sac à langes que j'avais en arrivant chez lui et j'suis partie dans la rue contre le vent froid.

Y a eu un vieux bonhomme avec un œil en moins qu'avançait dans l'autre sens. J'me suis arrêtée et j'ai attendu qu'y s'en aille, y puait la pisse et la mort. Après une femme avec un manteau rouge est passée très vite, ses hauts talons claquaient sul trottoir, ça faisait beaucoup de bruit, on aurait dit qu'elle allait à un truc important. J'ai eu envie de la suivre pour voir où elle allait comme ça mais j'ai vu une cabine de téléphone. Alors j'ai posé mes affaires, j'ai sorti des pièces de mes poches et je les ai mises dans l'appareil. J'ai fait le numéro de maman Linda : j'en connaissais pas d'autre. J'ai attendu six sonneries. J'allais raccrocher quand j'ai entendu une voix. J'ai remis le téléphone près de mon oreille.

— Allô ? j'ai dit.

— Allô ? faisait une voix endormie et toute cassée à l'autre bout.

— C'est... c'est Jane. Euh Janie. Qui c'est ?

La voix s'est illuminée.

— Jane ! Ma Jane ! C'est... c'est maman Linda bien sûr !

— Oh, salut m'man, j'ai dit en essayant de faire comme si j'savais qu'elle serait là et que j'appelais juste comme ça.

— Où es-tu ? À Gulf Shores ?

— Non m'man. J'suis à Atlanta.

— Oh, a fait maman Linda, et elle a eu l'air triste, très triste.

— Mais j'pensais... j'pensais que j'pourrais venir. Juste, tu vois, passer te voir.

— Oui ? Bien sûr, viens. Tu te souviens d'où j'habite ?

— Non, j'me souviens que du numéro de téléphone. Mais j'peux prende un bus et tu pourrais venir me chercher à la gare routière.

— Je n'ai plus de voiture. Prends un taxi et je le payerai, d'accord ? J'habite dans la rue juste derrière Orange Beach Way, sur la droite. C'est un cul-de-sac où il n'y a qu'une maison.

— Ouais, OK, d'ac'.

J'ai raccroché et j'ai regardé droit devant moi. J'ai regardé longtemps sans bouger. J'ai regardé longtemps, très longtemps sans bouger.

Chapitre quarante-trois

Le chauffeur de taxi est passé deux fois devant pour comprendre que le petit chemin rempli de mauvaises herbes, comme si personne l'avait pris depuis des années, était la rue de maman Linda. Y s'y est engagé doucement. L'antenne du taxi s'accrochait aux hautes herbes.

J'ai passé la main par la vitre pour toucher l'herbe. C'était une minuscule rue avec la maison de maman Linda tout au bout. Elle était en bois devenu gris à cause de la pluie, du vent et du sable. Y avait des pilotis et un haut escalier.

J'ai pas attendu que maman Linda paye le taxi pisque Paul avait mis assez d'argent dans mon sac. Le taxi a reculé jusqu'à la grande rue pasqu'y pouvait pas faire demi-tour.

J'ai monté tout doucement les marches et j'me suis arrêtée en haut. Je voyais le Golfe, les gens sur la plage et les mouettes. Ça me faisait mal aux dents, leur cri aigu. J'ai tourné le dos à la mer et j'ai frappé pisqu'y avait pas de sonnette. J'ai frappé encore. J'ai attendu mais personne est venu ouvrir.

J'savais pas si maman Linda le faisait exprès ou si elle avait toute sa tête en m'expliquant où elle habitait.

· Alors j'ai regardé par la fenêtre. Dedans y avait une pièce toute blanche avec des fauteuils de plage. Le plancher était bleu marine, tous les tissus des coussins étaient bleus et blancs. Tout était bleu, blanc et jaune, jaune vif. Ça ressemblait pas à un endroit qu'aurait habité maman Linda, c'était beaucoup trop propre, trop net et accueillant, ça avait l'air beaucoup trop agréable.

J'ai encore frappé mais personne est venu. J'ai essayé d'ouvrir la porte qu'était pas fermée. Je suis entrée et j'ai appelé :

– Maman Linda ? C'est moi, Leshaya. Euh, j'veux dire, Janie.

J'ai continué à appeler en avançant vers la cuisine au fond.

– Maman Linda ? (Y avait une pièce sur la droite, j'ai regardé dedans. C'était une chambre, mais vide.) Maman ? Maman Linda, c'est moi, c'est Janie !

Je suis arrivée à la salle de bains et je suis revenue dans la cuisine par la grande pièce. Y avait encore une autre porte sur la droite mais fermée. J'ai frappé.

– Maman Linda ? Ouh ouh ?

J'ai ouvert la porte tout doucement et j'ai regardé. La pièce était sombre pasque les rideaux étaient fermés mais y avait quelqu'un dans le lit.

– Maman Linda ? C'est moi, c'est Janie.

La tête s'est soulevée de l'oreiller.

– Janie ? Petite tête ? Tu es arrivée tellement vite ! Je viens juste de raccrocher !

Elle avait l'air endormie comme quand on avait parlé au téléphone.

– Nan, maman Linda, ça fait plein d'heures. L'est presque cinq heures.

– Viens ici, laisse-moi te voir. Ouvre un rideau, tu veux bien ? Laisse-moi te voir.

J'ai ouvert les rideaux et y avait l'océan partout. J'me suis approchée du lit de maman Linda. Elle a levé un bras pour me toucher et j'ai vu ses affreuses vieilles veines.

– T'es malade ? j'ai demandé même si j'voyais bien qu'elle l'était, et gravement.

Elle avait jamais eu que la peau et les os, mais là elle avait carrément presque pus de peau tant elle l'avait fine et que ses veines ressortaient. Elle était presque pus qu'une ombre. Elle avait juste un peu de cheveux et des veines sur la figure. Et un cou trop long, des yeux creux. Elle m'a fait un clin d'œil.

– Tu es toujours aussi jolie, elle m'a dit. Tu es exactement comme moi.

J'me suis écartée du lit.

– Nan, j'suis pas comme toi ! Qu'est-ce que t'as ? T'es malade ? T'as ce truc-là, le sida ?

Maman Linda a soupiré, on aurait dit que ça venait de profond dans son corps comme si c'était son dernier souffle.

J'ai encore reculé.

– Oui ma fille, j'ai le sida.

Elle a souri, sa lèvre du bas a craqué et du sang a coulé. Elle a pris un mouchoir sur la table de nuit.

– J'peux pas rester longtemps, j'ai dit. J'suis juste passée te dire bonjour mais j'dois repartir pasque j'suis chanteuse, tu vois. J'ai une chanson qui passe à la radio, j'pars en tournée.

Maman Linda a hoché la tête.

— Ce n'est pas un problème. Moi non plus, je ne traînerai plus longtemps ici de toute façon.

— Tu devrais pas ête dans un hôpital ou un truc comme ça ?

— Non, je veux être ici. C'est chez moi. Je suis revenue chez moi. Tu te souviens de cette maison ? C'est la maison de tes grands-parents, tu t'en rappelles ?

— J'me souviens pas de mes grands-parents.

— C'est vrai, ils sont morts avant que tu aies un an.

Maman Linda a remis la tête sur l'oreiller et a fermé les yeux comme si elle allait dormir – ou mourir.

— Ils m'ont laissé la maison de la plage et ils ont légué la grande maison à mon frère Len.

Elle avait une voix fatiguée.

— T'as un frère ?

— Pas vraiment.

Elle a ouvert les yeux en regardant tout autour comme si elle cherchait un truc.

— Maintenant que je suis mourante, il m'envoie de l'argent mais cela fait des années que je ne l'ai pas vu. Il habite en Italie. (Maman Linda a voulu rire, ses lèvres ont craqué et elle s'est remise à saigner.) Nos parents ont pensé que si j'avais la grande maison, je la vendrais contre de la drogue. Elle était dans la famille depuis la Guerre de Sécession. Len n'a même pas attendu que leurs tombes soient froides pour la liquider, et il est parti vivre en Italie. (Maman Linda avait l'air

238

essoufflée. Elle a aspiré deux fois et j'ai regardé sa poitrine monter et descendre, monter et descendre, grande et avec que des os.) Voilà, moi au moins j'ai toujours la maison de la plage.

– Ouais, t'as toujours la maison de la plage, j'ai dit. T'as vendu tout le reste mais t'as toujours la maison de la plage.

Maman Linda a relevé la tête et s'est tamponné avec son mouchoir sa lèvre qui saignait.

– Je l'ai arrangée moi-même, elle a continué, comme si elle avait pas compris ce que j'venais de dire. C'était si bon de rendre un endroit joli. Fais le tour, tu verras. J'aurais pu être décoratrice d'intérieur. (Elle a baissé les yeux vers son mouchoir pis elle m'a regardée.) Tu peux me servir de l'eau ? Là, sur la table.

J'ai regardé sa table de nuit avec le téléphone, les mouchoirs, la carafe et le verre. Y avait aussi plein de flacons de médicaments. J'voulais rien toucher. Y avait ses microbes du sida partout. Elle saignait juste sous mon nez. J'suis partie en courant et j'ai couru jusque dehors.

Chapitre quarante-quatre

J'ai si vite descendu l'escalier que mon sac m'est tombé de l'épaule et qu'il a roulé sur les marches. Comme j'essayais de le rattraper j'ai pas vu la vieille dame et j'ai manqué de lui rentrer dedans. Elle portait un sac à provisions. Je me suis arrêtée juste devant elle et j'ai fait : «Oh!»

Elle avait un grand nez. Elle a souri et elle a dit :

— Tu es Janie, c'est bien ça? Je suis Mme Trane. Ta mère m'a prévenue de ton arrivée. (Elle m'a tendu le sac.) Je suis désolée de ne pas avoir été là pour t'accueillir. Tu veux bien me prendre ça? J'en ai un autre dans la voiture.

Je suis restée avec le sac dans les bras pendant qu'elle boitait jusqu'à sa voiture comme si elle avait une jambe plus courte que l'autre.

Elle est revenue vers moi avec le second sac de courses et elle m'a fait signe de monter les marches.

— Je te suis, elle a dit.

— Bon, d'accord. J'monte ce sac mais j'reste pas.

J'ai repris l'escalier, elle m'a suivie en tapant fort du pied dans les marches qui craquaient comme si tout allait se casser. J'suis rentrée dans la cuisine et j'ai posé les provisions sur la table.

Maman Linda a crié :

— Melissa ? Janie est venue. Je pense que je lui ai fait tellement peur qu'elle est partie.

Mme Trane a posé le sac et elle a été dans la chambre de maman Linda.

— Mais non, elle a dit, votre Janie est là.

Elle m'a fait signe de venir. J'ai été à la porte mais j'ai pas regardé dans la chambre. J'regardais mes chaussures, des vieilles sandales en plastique que j'avais volées dans un magasin.

— Vous voyez, elle est là. Pis elle m'a dit : ta maman était tellement contente que tu viennes. Il est grand temps que vous vous réconciliez toutes les deux.

J'ai relevé la tête et j'ai vu maman Linda assise dans son lit. La carafe était par terre et y avait de l'eau partout. Le verre était renversé sur ses genoux.

La vieille dame s'est avancée en boitant et elle a ramassé la carafe. Comme c'était du plastique, c'était pas cassé.

— Janie, va me chercher une éponge à côté de l'évier. Nous allons nettoyer ça pour ta maman.

J'ai été chercher l'éponge, j'suis rentrée dans la chambre et je l'ai donnée à Mme Trane mais elle l'a pas prise. Elle a fait un signe de tête et a dit :

— Oui, c'est bien celle-là. Et n'oublie pas d'éponger l'eau qui a coulé sous le lit. Je vais préparer le dîner. (Elle est sortie.) Linda, j'espère que vous avez très faim ce soir. Je fais des lasagnes.

Je me suis mise à genoux pour nettoyer par terre et j'ai regardé maman Linda. J'étais pas sûre que ça lui soye déjà arrivé d'avoir très faim dans sa vie mais moi, j'savais que j'avais faim. J'avais rien mangé depuis les beignets du matin.

Maman Linda m'a parlé pendant que j'essuyais par terre.

— Je ne voulais pas te faire peur tout à l'heure, petite tête.

— Tu m'as pas fait peur mais j'dois partir.

— Je ne crois pas.

J'me suis relevée et j'ai pressé l'éponge dans la carafe.

— J't'ai dit que j'suis chanteuse maintenant. Si tu me crois pas, allume la radio.

Je me suis remise à quatre pattes et j'ai essuyé sous le lit en retenant mon souffle au cas où y aurait des microbes du sida. Elle a dit :

— Je pense que si tu savais où aller, tu ne serais pas ici.

— Ouais, mais j'reste pas. J'voulais juste prende de tes nouvelles. J'pars après le dîner.

Maman Linda s'est enfoncée dans son lit.

— J'ai besoin de me reposer, elle a dit, comme si j'lui avais pris toute son énergie.

— Ouais, d'ac'.

Je me suis levée et j'ai attrapé la carafe sans y penser. J'étais à la moitié de la porte quand j'ai vu que je tenais queque chose que des microbes du sida avaient touché. J'ai lâché la carafe.

Mme Trane est venue de la cuisine pour voir ce qu'était ce bruit.

Je l'ai regardée.

— J'ai touché la carafe. J'voulais pas la toucher.

– Cela n'a pas d'importance. Tu n'attraperas pas le sida en touchant les objets de ta maman. Je vais nettoyer pendant que tu te laves les mains. J'ai mis un cœur de laitue dans un saladier. Tu peux nous préparer une salade.

Je me suis dépêchée d'aller me laver les mains. Je les ai mises sous l'eau la plus chaude que j'ai pu supporter et j'ai ajouté plein de produit vaisselle. J'en avais tant mis que j'arrivais plus à rincer l'évier. Mme Trane est arrivée avec la carafe et elle a compris ce qui se passait.

– Tu n'as pas beaucoup d'expérience en cuisine, n'est-ce pas ? Eh bien maintenant, tu sauras qu'un tout petit peu de produit vaisselle dure longtemps.

Elle a posé la carafe et elle a agité sa main autour de l'évier en laissant l'eau couler, et le savon a fini par partir. Elle m'a donné une serviette pour m'essuyer les mains pis elle m'a montré comment on détachait les feuilles de salade.

– Ouais, j'ai dit, j'ai déjà vu faire ça.

– Bien, dans ce cas je te le laisse et je m'occupe des lasagnes. On va former une équipe, d'accord ? On va préparer un bon dîner pour ta maman.

– J'vois pas pourquoi. Alle mangera rien. On dirait qu'ça fait des années qu'alle a pas mangé.

– Et tu penses qu'on devrait tout simplement la laisser mourir de faim ?

La vieille dame coupait un oignon et ça me piquait les yeux. J'arrêtais pas de clignoter des yeux mais j'ai quand même préparé la salade.

– Pisqu'alle se laisse mourir de faim pourquoi on lui donne pas juste des céréales ou un truc comme ça ? Ça serait plus facile et ça reviendrait au même. Alle les mangera pas non pus.

— Si tu étais en train de mourir, tu aimerais que l'on te traite comme cela ? Ta mère vit encore. Elle a le droit à un peu de dignité et de respect, tu ne crois pas ?

— J'pense qu'alle a ce qu'alle mérite, j'ai dit. Alle a le sida.

Chapitre quarante-cinq

La vieille dame savait vraiment faire la cuisine. Y avait longtemps que j'avais pas eu un repas aussi bon. On a mangé sur des plateaux avec des pieds dans la chambre de maman Linda. Mme Trane a ouvert une fenêtre, du coup y avait un peu d'air qui rentrait. Elle a donné une cuiller de lasagnes à maman Linda mais, comme j'avais dit, elle a rien voulu manger.

Mme Trane a dit :

– Essayez un peu de salade. C'est votre fille qui l'a préparée. Regardez comme elle a bien coupé les tomates.

Elle a approché une fourchette de salade et maman Linda l'a prise. Elle a mâché longtemps en me regardant.

J'ai baissé les yeux et j'ai repris des lasagnes. J'en étais déjà à ma deuxième assiette alors que Mme Trane et maman Linda avaient presque pas touché à leur première.

J'ai entendu maman Linda avaler tant elle faisait du bruit. Pis elle a dit à Mme Trane :

– Janie est exactement comme moi.

– Nan, j'ai dit. T'as vraiment besoin de t'voir dans une glace.

Maman Linda a souri et léché ses lèvres craquées.

– J'ai l'impression de me voir dans un miroir.

Je me suis levée et j'ai pris mon assiette. J'ai dit :

– J'vais manger aute part.

J'ai mangé à la table du salon en regardant la mer. Toute cette eau me faisait pas aussi peur derrière une vitre. Pis j'me suis levée, j'ai été dans la salle de bains et pis j'me suis allongée sul canapé sauf que c'était pas vraiment un canapé. Mme Trane m'avait expliqué que tous les meubles étaient en rotin, on aurait dit des petits bouts de bois peints en blanc et tressés ensemble. Quand on s'asseyait dans un fauteuil, ça craquait comme si tout allait se casser. Celui qui ressemblait à un canapé avait un long coussin et plein de petits pour le dos. J'en ai mis un sous ma tête et j'me suis allongée tant j'étais fatiguée. Pis Mme Trane m'a réveillée et a dit que j'pouvais dormir dans l'autre chambre pasqu'elle avait sa maison où elle rentrait.

Je me suis levée, je me suis traînée jusqu'à la chambre, je me suis mise au lit et je me suis endormie. Je sais pas combien de temps j'ai dormi jusqu'à ce que maman me réveille en m'appelant. Je me suis levée et j'ai traîné les pieds jusqu'à sa chambre. Y avait la pleine lune au-dessus de la mer qu'éclairait beaucoup.

– J'ai besoin d'aide pour aller aux toilettes, a dit maman Linda quand j'suis arrivée à sa porte.

– D'accord, j'ai dit. Où est la vieille dame ? J'vais lui dire.

– Elle est rentrée chez elle. Aide-moi, je vais me tenir à toi.

– Tu vas me toucher ? Ça j'crois pas !

Je suis retournée à mon lit et je me suis recouchée. Maman Linda m'a rappelée. J'ai mis ma tête sous l'oreiller. Elle a continué à m'appeler, on aurait dit qu'elle appelait pendant la moitié de la nuit. J'ai pas bougé et elle a fini par arrêter.

Le matin, la vieille dame est venue me réveiller et m'a dit d'aller dans la chambre de maman Linda pasque j'devais l'aider à nettoyer.

J'ai remis le pantalon de Paul qu'était par terre près de mon lit. J'me souvenais pas l'avoir laissé là pisque j'me souvenais même pas l'avoir enlevé. J'ai mis mes chaussures et j'ai suivi Mme Trane jusqu'à la chambre de maman Linda.

– Si j'dois encore éponger de l'eau, j'veux mette les gants en plastique que j'vous ai vue avec hier.

– Tu peux mettre des gants en caoutchouc si tu veux, mais ce n'est pas de l'eau que tu dois nettoyer, c'est du pipi.

Je me suis arrêtée net.

– J'veux pas nettoyer le pipi de maman Linda ! Si alle s'est salie, c'est à elle de nettoyer !

Mme Trane m'a attrapé le bras, et pour une vieille elle avait vraiment de la force. Ça m'a surprise.

– Eh, lâche-moi !

J'ai essayé de me libérer mais elle me tenait si fort que j'y arrivais pas.

– Tu vas nettoyer, et peut-être que cette nuit tu réfléchiras à deux fois avant de laisser ta mère pisser dans son lit !

– J'suis pas responsabe d'elle ! Vas-y, moi j'me tire !

Alors la vieille dame m'a tordu le bras. Elle m'a tordu le bras comme si elle allait me le casser.

– Tu vas aller nettoyer les saletés de ta mère !

– Et si j'y vais pas, z'allez me casser le bras ?

La vieille dame m'a tirée vers la chambre de maman, elle m'a poussée dedans et avant que j'puisse me retourner, elle avait fermé la porte à clé.

Je suis restée devant la porte, je soufflais fort. Je l'ai insultée et j'ai donné des coups de pied dedans mais y avait pas un seul bruit de l'autre côté.

– Elle pense qu'on va se réconcilier, a dit maman dans mon dos.

Je me suis retournée.

– J'veux rien d'toi !

Maman Linda était toute courbée dans un fauteuil, enveloppée dans une couverture et elle tremblait. Y avait des traces d'œuf sur la couverture. Elle m'a regardée avec ses yeux creux et elle a hoché la tête.

– Je sais, je sais, je sais ce que je t'ai fait.

– Ouais, moi aussi ! Tu m'as abandonnée ! Tu m'as échangée contre de l'héroïne comme si j'étais que dalle ! T'es rien pour moi !

Je me suis approchée de la fenêtre d'où on voyait la mer. Y avait un loquet pour l'ouvrir.

– J'veux pas rester avec toi ! j'ai dit.

J'ai ouvert la fenêtre et le vent a soufflé fort dans la chambre. J'ai posé ma tête sur la moustiquaire et j'ai regardé en bas. C'était haut. J'irais pas loin avec des jambes cassées. J'ai refermé la fenêtre et j'me suis retournée.

– T'es clean ? m'a demandé maman Linda.

– Hein ? j'ai dit comme si elle était juste un moucheron que j'avais envie d'écraser.

– Tu prends de la drogue ?

– Nan ! J'suis pas aussi conne que toi ! J'ai ma vie ! J'ai du talent ! J'ai pas besoin de drogue !

J'ai traversé la chambre et j'ai tapé à la porte.

– Laissez-moi sortir ! J'dois pisser !

Maman Linda a dit :

– Sers-toi de mon lit. Ça a bien marché pour moi.

Pis elle a fait un rire comme un corbeau, comme s'il était en elle depuis longtemps, et après elle a aspiré très fort.

J'ai encore frappé à la porte.

– Chante-moi quelque chose, a demandé maman Linda en aspirant à nouveau.

Je me suis retournée.

– Jamais ! J'chanterai jamais pour toi ! Tu m'entendras jamais chanter alors arrête de m'demander !

Maman Linda a rapproché la couverture de sa figure. Ses lèvres et ses paupières avaient l'air bleues. Elle a dit :

– Si tu sais vraiment chanter, je pourrai sans doute te dire qui est ton père, voilà tout. Tu saurais, comme ça.

J'ai tendu le doigt.

– Tu mens ! Tu me le diras pas ! T'as aucune idée de qui c'est. J'sais ça pasque moi aussi j'ai…

Je me suis arrêtée.

– Tu as quoi ? Tu ne sais rien de ma vie.

– C'est pas ma faute !

– Je n'ai pas dit que ça l'était.

Elle a pris une bouffée d'air. J'ai redonné des coups de pied à la porte et j'ai crié :

– Alle est malade dans ce fauteuil! Alle respire comme si alle allait mourir! Faut qu'vous venez!

J'ai pas eu de réponse. J'ai crié :

– Y a quequ'un? Hé, y a quequ'un?

Aucune réponse.

J'ai regardé maman Linda descendre sous sa couverture. Elle me faisait peur, c'était comme si elle allait me claquer dans les bras. Putain j'voulais pas être là. J'voulais pas qu'on m'accuse de sa mort à elle aussi.

– D'accord, j'ai dit, d'accord, j'vais te chanter un truc. Cette chanson, c'est moi qui l'a écrite, et si tu veux une preuve, y a la musique avec mon nom. J'ai appris quequ chose, tu vois. J'sais lire la musique et l'écrire et tout. Et j'peux jouer une chanson au piano. Ça tu l'savais pas, hein?

Je me suis approchée du lit et j'ai mis les gants qu'étaient dans une boîte sur la table. J'ai viré les couvertures et les draps et j'ai pris le chiffon mouillé dans un seau d'eau savonneuse. Je l'ai essoré et j'ai essuyé le truc en plastique qui protégeait le matelas. J'ai nettoyé en chantant ma chanson. J'ai chanté sur des pas que j'attendais dans le noir. Je me suis arrêtée de nettoyer en plein milieu et j'ai regardé un bateau à voiles qui passait pis j'ai recommencé à chanter. J'ai chanté pour le bateau et les mouettes, j'ai chanté pour maman Linda qui tremblait toujours en aspirant de l'air derrière moi. J'ai chanté comment ça me faisait mal et maman Linda a écouté. Elle a entendu tout ce que j'avais caché toute ma vie au fond de mon âme. Je le savais pasque quand j'me suis retournée, elle pleurait sur sa couverture.

Chapitre quarante-six

Quand j'ai fini ma chanson, j'ai recommencé à nettoyer le pipi et maman Linda reniflait et cherchait à respirer avec son nez plein de morve. On a rien dit mais ça avait pas d'importance pasque j'savais qu'y avait dans ma chanson tout ce que je voulais dire à maman Linda. J'avais l'impression que c'était comme si un truc venait de me quitter, que j'en étais débarrassée.

J'ai pris des draps propres sur la chaise où j'avais mangé le soir et j'ai fait le lit de maman Linda. Pis j'ai vu une couverture pliée en haut d'un meuble si grand que j'ai dû me mettre sur la pointe des pieds pour l'attraper et je l'ai mise en plus du couvre-lit et des autres couvertures. Ensuite j'me suis approchée de maman Linda qu'était toujours en train de pleurer et d'essuyer sa morve sur sa couverture. Je lui ai dit de la lâcher et j'ai tiré sur ses bras pour la lever. Elle était si légère qu'on aurait dit que ses os étaient tout creux. J'ai vu des traces à l'intérieur de ses bras. Des restes de l'époque héroïne.

J'ai dit :

– Maintenant t'es accro à d'autres drogues, hein ? Les trucs près de ton lit, c'est des trucs légaux, hein ?

Maman Linda a pas répondu. Elle a eu besoin de toute sa force pour revenir au lit et s'asseoir. J'ai pris ses jambes et ses pieds qu'avaient l'air gros et tout plein de nœuds et je les ai mis tout doucement sous les couvertures. Pis j'ai remonté la couverture et je l'ai bien couverte. Maman Linda s'est relâchée, elle a soupiré bien fort et elle a fermé les yeux. Je me suis tournée et j'ai senti sa main sur mon bras. Je l'ai regardée.

Elle a ouvert les yeux et elle a dit :

– Je suis presque sûre que ton père était un homme qui s'appelait English. Howard Lee English. Il est mort. D'une overdose. Il y a longtemps.

J'ai donné à maman un mouchoir que j'avais pris sur sa table pour qu'elle s'essuye le nez.

– C'était un Blanc ou un Noir ? j'ai demandé.

Maman Linda a levé les sourcils.

– Un Blanc. Je n'ai jamais couché avec un Noir.

– Oh ! j'ai dit.

Je me suis éloignée et j'ai attrapé les draps mouillés.

– Il avait une belle voix. C'était un ténor riche et tout ce qu'il y avait de plus blanc. (Maman cherchait son air à chaque phrase qu'elle disait.) Il voulait chanter et composer (grand souffle) de la musique, mais son père souhaitait qu'il devienne banquier (grand souffle). Howard est allé à l'université (grand souffle) mais il a été mis dehors au second semestre. Il est mort (grand souffle) au réveillon du premier de l'an. Je crois qu'il a fait volontairement une overdose. Tout ce dont il avait envie (grand souffle) c'était chanter.

J'étais debout à côté de la porte, je tenais les draps mouillés loin de moi. Y sentaient vraiment fort.

– Comme ça j'm'appelle Janie English ?

Maman a fermé les yeux et a lâché un autre grand soupir. J'ai regardé sa poitrine se soulever et se creuser.

J'ai frappé doucement à la porte. J'ai entendu Mme Trane arriver en boitant. Elle l'a ouverte et s'est reculée.

Je suis sortie. J'ai dit :

– Maman Linda dort, j'crois.

Mme Trane a jeté un œil par-dessus mon épaule. Elle m'a fait un signe de tête.

– Bien. Tu as fait du bon travail. Tu peux mettre les draps dans la machine à laver qui se trouve dans ce placard. Ensuite, tu pourras prendre une douche pendant que je te prépare des pancakes pour le petit déjeuner.

J'ai fait comme elle a dit, j'ai été prendre une douche. L'eau chaude sur mon corps était vraiment bonne. J'me suis savonnée et rincée. Je m'étais jamais sentie aussi propre.

Chapitre quarante-sept

J'ai habité avec maman Linda jusqu'à sa mort. J'ai habité avec elle presque trois mois et demi. Y lui a fallu tout ce temps pour mourir même si chaque jour on aurait dit que c'était son dernier.

On a pus jamais parlé de mon père ou d'elle. On a jamais parlé de ma noyade ou du kidnapping pasque maman a eu une pneumonie et qu'on l'a mise sous oxygène juste après que j'soye arrivée. Pis elle est tombée dans le coma et elle y est restée jusqu'à mourir. Mais je lui ai dit pour mon bébé, mon Etta Harmony James, et je lui ai chanté d'autres chansons. Et aussi quand ma chanson est passée à la radio, ce qu'est arrivé quatre fois, je l'ai mise plus fort pour qu'elle entende et je lui ai dit que c'était moi qui chantais. Elle a entendu quand le type de la radio a demandé d'où venait cette Leshaya, et quand il a dit que j'allais faire un gros, gros tube !

Je parlais beaucoup à maman en m'asseyant près de son lit, et Mme Trane disait qu'elle m'entendait même si elle était dans le coma. Alors je lui ai dit que j'mentais quand j'avais dit que je prenais pas de drogue mais j'ai dit que j'allais essayer de pus en prendre. Et j'lui ai parlé de Paul et d'Harmon qu'avaient été gentils avec moi et de comment je leur avais causé plein d'ennuis. J'ai dit tout ça. Pis j'ai dit que je croyais qu'elle avait inventé cette histoire sur mon père qui chantait et qu'était blanc et qui s'appelait English. Je lui ai dit que son nom avait l'air inventé. J'ai dit que j'croyais qu'elle savait même pas qui c'était mon père mais que ça avait pas d'importance pasque je savais que ça pouvait arriver. Je lui ai dit que j'pouvais pas être Jane English pasque j'étais Leshaya et que j'étais à moitié noire et une grande chanteuse et voilà. Maman Linda m'écoutait lui dire toutes ces choses et c'était comme si une partie de mon âme se nettoyait.

On lavait maman Linda avec une éponge chaude et on lui changeait ses draps en la roulant d'un côté pis de l'autre. On avait pas besoin de lui donner à manger pasqu'elle était nourrie avec des tuyaux et qu'y avait un sac où elle faisait pipi, on avait juste à vérifier qu'y marchaient bien et à les changer.

Je m'asseyais près de son lit et je la regardais mourir. On dit qu'on peut pas être un peu enceinte et qu'on peut pas être un peu mort, qu'on est mort ou qu'on l'est pas mais c'est pas vrai. Maman était un peu plus morte chaque jour. Elle était plus grise et plus froide quand on la touchait, et plus immobile en dedans.

J'ai demandé à Mme Trane pourquoi maman était pas encore morte.

— Qu'est-ce qui la retient ?

Mme Trane a dit :

– C'est l'instinct de survie. Elle lutte de toutes ses forces pour rester en vie. Ta maman a toujours été une battante, je dois bien le reconnaître.

Je la regardais se battre contre la mort. C'était un combat sans violence.

Je faisais pas que regarder maman Linda et m'occuper d'elle pasqu'y restait plein de temps dans la journée. Des fois j'allais faire un tour mais je m'approchais jamais de la mer. Je remontais la rue dans l'autre sens, j'allais voir tous ces magasins qui vendaient des jouets en plastique, des T-shirts et des tongues. J'achetais rien pasque j'avais pas l'argent. Je marchais, je marchais, pis j'rentrais à la maison.

Ce que j'faisais quand j'avais le temps, c'était ma musique. J'avais trouvé dans mon sac deux livres que Paul m'avait donnés. Je les ai étudiés deux fois chacun.

Mme Trane m'avait fabriqué ce qu'elle appelait un piano silencieux en dessinant des touches sur un carton qu'elle avait dans sa maison. Elle a dit que j'avais qu'à m'exercer sur un piano silencieux jusqu'à ce que j'en aye un autre. Elle m'a aussi apporté des livres de piano de quand elle jouait y avait des années et des années.

Je m'exerçais un peu mais c'était pas aussi amusant sans entendre la musique.

Mme Trane et moi, on parlait beaucoup. On parlait pendant qu'on s'occupait de maman, pendant qu'on préparait à manger et des fois on parlait, tout simplement.

J'ai demandé à Mme Trane depuis quand elle connaissait maman Linda et elle a répondu depuis toujours. Elle m'a dit qu'elle m'avait même vue bébé. Elle a dit qu'elle était amie avec mes grands-parents. Je lui ai demandé si y avait des photos d'eux et de moi quand j'étais bébé.

Mme Trane a sorti des photos d'un tiroir, y en avait plein, mais pas de moi. Y en avait de maman Linda qu'auraient pu être de moi. J'ai vu mes grands-parents qu'avaient tout le temps l'air heureux. J'ai vu le frère de maman Linda qu'avait jamais l'air heureux. Y avait des photos d'anniversaire, de Noël et d'Halloween, de sorties à la plage, de châteaux de sable et de chasse aux œufs de Pâques et de maman Linda qu'avait gagné un premier prix en sciences. Y avait des photos de maman et de Len sur des chevaux, de leurs têtes qui sortaient d'une tente, d'eux qui faisaient signe d'une cabane dans un arbre ou dans un restaurant en Italie où tout le monde avait un verre à la main, de maman Linda penchée devant un machin qui s'appelait la tour de Pise. Y avait des photos de famille jusqu'aux seize ans de maman, l'âge que j'avais. Pis les photos d'elle s'arrêtaient.

Mme Trane a dit que maman avait commencé à se droguer vers quinze ans. Elle a dit que c'était une tragédie pasqu'avant maman était vraiment une fille adorable.

Elle était avec moi sul canapé en osier avec toutes ces photos et elle m'a raconté tout ce qu'elle savait de maman. Pas grand-chose.

Elle a dit :

– C'était une enfant joyeuse et qui avait beaucoup d'humour. Elle était toujours prompte à se moquer d'elle-même. Peu de gens sont capables de rire d'eux-mêmes comme elle le faisait. Et elle adorait les enfants. Tous les parents voulaient l'employer comme baby-sitter. Mais là où elle excellait, c'était en sciences. Tout le monde pensait qu'elle deviendrait scientifique, biologiste peut-être. À onze ans, elle avait créé un programme environnemental bien avant que ce genre de choses soit à la mode. Elle collait des affichettes sur les cabines téléphoniques pour inciter les gens à nettoyer les rues, les ruisseaux et les étangs, elle proposait du café gratuit et des beignets aux volontaires, elle payait tout ça avec l'argent qu'elle gagnait en baby-sitting. Ensuite, je ne sais pas ce qui s'est passé. Elle a complètement changé, tout son argent est parti en drogue. Puis cet argent ne lui a plus suffi et elle s'est mise à voler dans les magasins et à dérober des portefeuilles. Personne n'a su ce qui s'était passé. Personne ne sait ce qui s'est passé.

Mme Trane m'a donné la dernière photo de maman, debout sur la plage avec une raie morte qu'elle tenait dans la main en souriant à l'appareil photo.

J'ai dit :

– On saura jamais ce qui s'est passé.

Mme Trane m'a regardée, c'était comme si elle était en colère contre moi tout d'un coup, j'ai posé les photos et je me suis levée en croyant que j'allais devoir partir en courant.

Elle m'a montrée du doigt et elle a dit :

– Tu as une fille. Tu dois lui dire. Tu dois lui raconter ta vie. Et tu dois être honnête. Ne la laisse pas faire les mêmes erreurs que toi. Ne reproduis pas les mêmes choses, Leshaya. Change son destin. Elle n'a pas à grandir comme toi. J'ai entendu tout ce que tu as dit à ta maman. Elle et toi, vous êtes pareilles.

Je me suis reculée et j'ai crié :

– Nan c'est pas vrai! J'suis pas comme maman Linda!

Mme Trane a hoché la tête.

– Peut-être que tu ne le veux pas, pourtant c'est le cas. Depuis le début, tu marches dans ses traces. Vous êtes des briseuses de pont toutes les deux.

J'ai redit :

– Nan c'est pas vrai! D'abord qu'est-ce ça veut dire? J'ai jamais brisé un pont!

Mme Trane m'a regardée d'un air si grave et si furieux que ses tout petits yeux clignotaient. Elle a dit :

– Que se passe-t-il si tu franchis un pont, puisque tu le détruis? Peux-tu encore traverser la rivière?

– Sur le pont, c'est pus possibe.

– Ce Paul dont tu as parlé à ta maman. Ce que tu faisais avec lui, c'était bien. Mais tu as tout détruit en violant votre accord, en te droguant en compagnie de son meilleur ami. Tu comprends? Tu t'es débrouillée pour ne plus pouvoir revenir en arrière. Tu te débrouilles pour que les gens n'aient pas de lien avec toi. Tu les épuises. Ce pauvre Harmon...

Mme Trane a secoué la tête et elle a claqué de la langue.

J'ai haussé les épaules pasque j'savais pas quoi dire. Pis y a eu un bruit dans la chambre de maman Linda comme si elle se réveillait tout d'un coup. On a couru mais c'était pas le bruit de maman qui se réveillait, c'était le bruit de son dernier souffle.

Chapitre quarante-huit

Quand maman Linda a été morte, Mme Trane a retiré tous les tuyaux et tous les trucs de son corps et de sa bouche. Les machines ont arrêté de faire leur bruit.

J'ai regardé maman Linda sur son oreiller, elle avait l'air très calme. Je l'avais jamais vue comme ça avant. Comme si mourir c'était ce qui lui fallait, en fait.

Les gens de l'hôpital qu'avaient apporté le matériel sont venus le rechercher et d'autres sont venus prendre maman.

Y a pas eu d'enterrement. Y avait personne pour y venir pasque comme avait dit Mme Trane, maman Linda épuisait les gens et brisait tous les ponts.

Maman Linda a été incinérée et on m'a donné les cendres dans une urne. J'savais pas quoi en faire. C'était trop lourd de les trimbaler partout avec moi.

Mme Trane a dit que je pouvais les répandre quelque part ou que je pouvais les laisser dans une urne à la maison de la plage qui serait un jour à moi. Y avait pas d'argent pasque maman Linda avait tout dépensé, et la maison de la plage me reviendrait pas avant que j'aye vingt et un ans. Maman Linda avait écrit un vrai testament que Mme Trane et un avocat devaient faire exécuter.

Mme Trane a dit que je pouvais venir habiter chez elle. Elle a dit qu'elle pouvait m'aider. Elle m'a parlé d'une école d'art à Birmingham où on pouvait aller gratuitement où j'pourrais étudier la musique. Elle a dit que si j'voulais pas, j'pouvais passer des tests pour avoir un diplôme et aller dans une université publique.

J'ai rien dit mais j'connaissais déjà la musique. Je savais chanter. J'avais pas besoin d'une école ou d'une université pour ça. Je passais déjà à la radio ! Et je pouvais pas aller à l'école pasque je devais aller rechercher ma petite Etta. J'aimais mon bébé et j'savais que si on aime son bébé, on doit s'occuper de lui et prendre soin de lui, pas le donner pour qu'y soye adopté ou perdu comme moi. J'ai compris ça à force de passer tout ce temps avec maman Linda. J'ai vu comment perdre sa maman c'était se perdre, et que la retrouver, savoir des choses sur elle, ça m'avait rendu un peu de moi. Une maman doit s'occuper de son bébé. Alors j'ai fait des plans que j'ai pas dit à Mme Trane. J'allais récupérer mon bébé pis j'irais voir Mick Werner, le producteur, et j'ferais mon CD à moi avec mes chansons.

J'ai été chez Mme Trane après qu'on aye été chercher l'urne de maman et elle m'a fait à manger pendant que j'jouais au piano. Elle avait un vrai piano dans sa maison et elle me l'avait jamais dit ! J'ai pu jouer des chansons que j'pouvais pas jouer avant sul carton. C'était vraiment mieux d'entendre la musique. J'ai joué jusqu'à l'heure du repas pis jusqu'à ce que Mme Trane aille se coucher.

Quand j'ai été sûre qu'elle dorme, j'ai fouillé dans son sac qu'elle mettait à une poignée dans la cuisine et j'ai pris tout son argent. Elle était riche. Y avait cent cinquante dollars dans son sac. Je l'ai remis à la poignée et j'ai été me coucher. Mais j'ai pas dormi pasque j'voulais partir avant que Mme Trane soye réveillée.

Vers cinq heures du matin, j'ai appelé un taxi et je l'ai attendu dehors. J'ai dit au chauffeur de m'emmener à la gare routière. J'ai claqué la portière et j'ai regardé la maison.

Mme Trane était debout à la fenêtre de sa chambre, elle me regardait. Le taxi a démarré et Mme Trane m'a fait au revoir de la main.

J'ai pas répondu à son signe. Je l'ai regardée jusqu'à ce que j'la voye pus.

Chapitre quarante-neuf

J'ai acheté un ticket de bus pour Tuscaloosa. J'allais récupérer mon bébé, mon Etta Harmony James. J'allais la reprendre avec moi mais c'était pas un kidnapping pasque c'était pas pour la donner à quequ'un d'autre. J'allais la garder avec moi, de toute façon elle était à moi. Je l'avais fait naître. J'étais sa maman, un jour elle saurait toutes mes erreurs comme Mme Trane m'avait dit, pour pas qu'elle fasse les mêmes.

Je suis montée dans le bus et je me suis assise près d'un Blanc qui voulait tout le temps me parler. Y disait que j'étais vraiment jolie. Il a touché mes cheveux mais j'ai pas fait attention. J'pensais qu'à retrouver mon bébé et à me remettre à chanter.

Y faisait noir quand j'suis arrivée à la maison des James. Je tremblais en marchant dans leur longue allée et j'avais mal au ventre pasque j'me demandais comment j'allais récupérer mon bébé. La maison avait l'air si grande la nuit.

Je me suis approchée d'une fenêtre de la cuisine,

j'ai regardé à l'intérieur et y avait M. James devant la gazinière avec une petite fille debout sur une marche qui mettait des assiettes en carton sur la table. J'ai cru que M. et Mme James avaient adopté un autre enfant.

Pis j'ai compris. Ça m'est venu tout d'un coup. Mon bébé, mon Etta, c'était pus du tout un bébé. Elle avait déjà deux ans. La petite fille qui mettait la table était à moi, c'était mon Etta Harmony James. J'me suis sentie toute remplie de fierté et j'ai dû m'écarter pour réfléchir. J'avais pas pensé qu'elle avait grandi pendant que j'étais pas là. Elle marchait déjà, c'était déjà une petite personne. Je l'ai regardée encore et j'ai vu que sa peau était plus noire et qu'elle avait les cheveux marron et frisés. Et aussi des grosses petites jambes et des grosses joues. J'me suis sentie fière. Mon Etta Harmony était jolie et intelligente, vu comment elle mettait les assiettes sur la table. Elle était parfaite. C'était une parfaite petite fille.

Harmon est entré dans la cuisine. L'avait pas changé, c'était toujours le même bon vieux Harmon. L'a pris Etta dans ses bras et y l'a levée très haut. J'ai entendu ses petits cris et j'me suis sentie tout excitée. Elle serait chanteuse comme moi.

Harmon l'a reposée et une jeune femme est entrée que j'avais encore jamais vue. Elle a fait le tour de la table, alle a mis les assiettes bien comme y fallait et elle a été chercher des fourchettes à un tiroir. J'ai cru que c'était la nouvelle bonne. Pis elle a donné une fourchette à Etta pour mette sur la table et Harmon est arrivé derrière elle et y lui a frotté le dos. Elle lui a fait un petit baiser sur la bouche. C'était pas la bonne.

M. James a mis trois tonnes de spaghetti dans un saladier sur la table. Harmon a versé la sauce dans un autre saladier qu'il a aussi mis sur la table. Sa petite amie a fini de mettre les couverts et Harmon s'est penché vers Etta pour lui dire un truc en passant le bras autour de ses épaules. Etta est sortie de la pièce en courant et j'ai encore entendu ses petits cris. Pis elle est revenue avec Mme James et leur petit garçon, Samson, qu'était plus grand et moins gros.

Y se sont tous mis à table, Etta avait un siège spécial pour être à la hauteur des autres. J'avais pas pensé qu'elle aurait besoin d'un machin comme ça.

Ptête que quand je l'emporterais j'pourrais aussi piquer le siège, et aussi ptête des vêtements. Elle allait avoir besoin de vêtements et d'une marche comme l'autre pour me mettre la table comme elle faisait.

Pendant qu'y mangeaient, j'ai vu Harmon se balancer sur sa chaise et mettre un bras sur les épaules de sa petite amie et l'autre sur Etta.

J'me suis écartée de la fenêtre. J'voulais pus les voir. Je suis restée sur la pelouse, j'savais pas comment reprendre Etta. On aurait dit qu'y l'aimaient vraiment beaucoup. Tout d'un coup, j'ai pensé à cette photo de maman Linda avec sa famille à une table dans un restaurant d'Italie. On aurait dit une bonne famille sur cette photo. Mon Etta, elle était dans une bonne famille aussi. Elle avait un bon papa et une grand-mère et un grand-père et Samson. Tous ces gens qui l'aimaient. Et un siège spécial pour elle et des beaux vêtements et une grande maison pour vivre. Tout ça.

Je suis revenue à la fenêtre de la cuisine d'où sortait plein de lumière. Et si je l'emmenais pas? Et si je la laissais? Mais si on aime son bébé, on doit s'en occuper et en prendre soin. Je me suis encore approchée de la fenêtre, Etta donnait un spaghetti à sa poupée. Elle s'occupait de son bébé comme j'devais m'occuper d'elle pour pas qu'elle grandisse perdue.

J'ai reculé et j'me suis tournée pour pus voir cette fenêtre éclairée et toute cette joie. J'avais besoin de penser. Qu'est-ce qui valait mieux? Mme Trane disait qu'y fallait pas que j'refasse les mêmes choses pour qu'Etta grandisse pas comme maman et moi. Alors comment j'allais faire pour ça si j'l'emmenais pas? Mais elle était si parfaite. Elle était tout ce que j'avais voulu être. Elle avait la peau noire, elle avait du vrai sang noir dans les veines. Elle était noire. J'ai pris une grande bouffée d'air qu'avait l'air de venir de mon cœur et ça m'a fait mal. Moi, j'étais qu'une Blanche qui rêvait d'être noire.

J'ai senti des larmes sur ma figure mais j'les ai essuyées et j'ai secoué la tête. Fallait que j'regarde la réalité : j'étais blanche. J'avais pas de noir en moi sauf dans mon âme.

Etta, elle avait tout. Elle avait tout ce que j'voulais avoir : la peau noire et une famille noire qui l'aimait. La seule façon qu'elle se sentirait perdue c'est si je l'emmenais. Ça avait pas d'importance que je l'aime et qu'elle soye pas avec sa maman. C'était pas juste. J'avais pas le droit. L'aimer c'était la laisser, je le savais, je le sentais dans mon cœur. J'avais bien fait la première fois, je l'avais aimée comme y fallait en la donnant à Harmon.

J'ai levé la tête vers le ciel noir. Ptête que ça serait la seule chose bien que j'ferais de toute ma vie, mais c'était ça qui comptait le plus. Avec chanter.

J'ai essuyé les larmes qui coulaient encore alors que ma tête leur disait d'arrêter. J'pleurerais pas. C'était ça qu'y fallait faire, laisser Etta et vivre ma vie. Ptête qu'un jour je lui écrirais, je lui raconterais comment était ma vie. Ptête qu'elle m'entendrait à la télévision, qu'elle saurait comment j'étais une chanteuse célèbre.

J'ai regardé le jardin des voisins. Leur maison avait l'air loin de l'autre côté des grands buissons des James. J'suis partie en espérant que les gens dedans me laisseraient appeler un taxi. Pis j'me suis arrêtée, j'ai pensé, j'ai fait demi-tour et je suis retournée à la porte des James.

J'ai touché la poignée, j'ai cherché dans mon sac et j'ai sorti un truc en tissu. Dedans y avait la montre en argent d'Harmon, le seul machin que j'avais volé et jamais perdu. Je l'ai regardé longtemps en pensant que je devais accrocher le truc à la poignée de la porte et partir.

Mais c'était trop pour le même soir. Harmon avait Etta. C'était la meilleure part. J'ai remis la montre dans mon sac et je suis partie vers la route.

www.onlitplusfort.com

Le blog officiel des romans Gallimard Jeunesse.
Sur le Web, le lieu incontournable
des passionnés de lecture.

**ACTUS // AVANT-PREMIÈRES //
LIVRES À GAGNER // BANDES-ANNONCES //
EXTRAITS // CONSEILS DE LECTURE //
INTERVIEWS D'AUTEURS // DISCUSSIONS //
CHRONIQUES DE BLOGUEURS...**

HAN NOLAN est née en 1956 en Alabama. À 13 ans, elle découvre la danse, qu'elle étudie, puis enseigne. Mais après son mariage, elle décide de passer plus de temps auprès de sa famille et se tourner vers l'écriture, son autre passion. Han Nolan écrit pour les jeunes adultes depuis maintenant une quinzaine d'années. Elle a été récompensée dans son pays par de prestigieux prix littéraires, dont le National Book Award. *La Vie Blues* est son premier roman publié en France.

Retrouvez Han Nolan sur son site anglophone :
www.hannolan.com

Le journal intime de Georgia Nicolson
  1. **Mon nez, mon chat, l'amour et moi**
  2. **Le bonheur est au bout de l'élastique**
  3. **Entre mes nungas-nungas mon cœur balance**
  4. **À plus, Choupi-Trognon...**
  5. **Syndrome allumage taille cosmos**
  6. **Escale au Pays-du-Nougat-en-Folie,**
Louise Rennison
Code cool, Scott Westerfeld

fantastique
Interface, M. T. Anderson
Genesis, Bernard Beckett
Le Cas Jack Spark
  Saison 1 Été mutant,
  Saison 2 Automne traqué, Victor Dixen
Eon et le douzième dragon,
  Eona et le Collier des Dieux, Alison Goodman
Menteuse, Justine Larbalestier
Felicidad, Jean Molla
Le chagrin du Roi mort,
Le Combat d'hiver,
Jean-Claude Mourlevat
Le Chaos en marche
  1 - **La Voix du couteau**
  2 - **Le Cercle et la Flèche**
  3 - **La Guerre du Bruit,**
Patrick Ness
La douane volante, François Place
La Forêt des Damnés
  Rivage mortel, Carrie Ryan

Le papier de cet ouvrage est composé de fibres naturelles,
renouvelables, recyclables et fabriquées à partir de bois provenant
de forêts plantées et cultivées expressément pour la fabrication
de la pâte à papier.

Maquette: Dominique Guillaumin
978-2-07-064879-5
Loi n° 49-956 du 16 juillet 1949
sur les publications destinées à la jeunesse
Dépôt légal : septembre 2012
N° d'édition: 244443 – N° d'impression : 175440
Imprimé en France par Maury Imprimeur – 45330 Malesherbes